中华经典故事

西游记故事

肖骁 黄偲奇 编著

中华书局

图书在版编目(CIP)数据

西游记故事 / 肖骁,黄偲奇编著. —北京:中华书局,2012.2(2012.5 重印)

(中华经典故事)

ISBN 978 - 7 - 101- 08475 - 7

Ⅰ.西… Ⅱ.①肖…②黄… Ⅲ.章回小说—中国—明代—缩写 Ⅳ.I242.4

中国版本图书馆 CIP 数据核字(2011)第 276527 号

书　　名	西游记故事	
编 著 者	肖　骁　黄偲奇	
丛 书 名	中华经典故事	
责任编辑	谷笑鹏　吴爱兰	
出版发行	中华书局	
	(北京市丰台区太平桥西里 38 号 100073)	
	http://www.zhbc.com.cn	
	E-mail:zhbc@zhbc.com.cn	
印　　刷	北京天来印务有限公司	
版　　次	2012 年 2 月北京第 1 版	
	2012 年 5 月北京第 2 次印刷	
规　　格	开本 /700×1000 毫米　1/16	
	印张 16½　插页 2　字数 120 千字	
印　　数	8001-20000 册	
国际书号	ISBN 978 - 7 - 101- 08475 - 7	
定　　价	29.00 元	

中华经典故事
出版说明

中华五千年文明，留下了许多脍炙人口的经典故事。女娲造人、刻舟求剑、苏武牧羊、美人计、新亭对泣、割发代首、毛遂自荐……这些故事穿越历史、代代相传、历久弥新，它们彰显着中华民族的传统美德，浓缩了许多做人、做事的道理和智慧，同时还是弘扬中华优秀传统文化、揭示纷繁历史变迁的窗口。为帮助当代读者了解中华五千年的辉煌，感受中华文化的博大精深，丰富积淀，陶冶情操，并引领大家由此阅读古代经典，中华书局推出"中华经典故事"丛书。

丛书精选中华故事中的经典篇章，在保留传统故事精髓的基础上，更加贴近当代读者的阅读需求，从而使读者更容易领悟经典故事所传达出的优秀传统文化精神内核。

故事内涵有提升。每个故事之后用简练的语言联系实际，进行解读，以唤起读者更多的思索，真正做到学以致用、古为今用。

故事后或附经典原文，让读者通览经典原貌，整体感知；或附"博闻馆"，链接与故事相关的其他故事或知识，拓宽思路，有助于更加全面地理解故事。

故事配图丰富新颖，力求趣味性和知识性并重。巧妙的配图文字，帮助大家轻松阅读，并开阔视野，从多角度扩展知识。

　　对于故事中的生僻字词均加注汉语拼音及注解，以帮助阅读和理解。

　　本套丛书由富有研究成果的专家学者协力创作，在此对所有参与编写的人员表示由衷感谢。

中华书局编辑部

2012 年 1 月

目　录

美猴王出世

相传在很早很早的时候，有一个傲来国。傲来国有一座山，叫花果山。花果山顶上有一块仙石，它吸收着天地日月间的精华，渐渐地有了灵气。一天，这块仙石突然崩裂，只听得一声震耳欲聋的巨响，就从里面滚出一个又圆又大的石球。风一吹，石球在地上滚了一圈，变成了一个石猴。这石猴生来就会行走，他每天跟一群猴子在山中玩耍，渴了喝山涧的泉水，饿了吃山花野果，晚上在石崖下面睡觉，生活得无忧无虑、自由自在。

有一天，天气非常炎热，石猴和一群猴子在松树荫下玩耍，过了一会儿，它们觉得热浪难挡，纷纷跳到山涧中去洗澡。一只猴子提议道："这水不知是从哪里流出来的，我们沿着溪水往上边走，去找找它的源头吧！"于是，猴子们一路来到了水的源头，原来是一股瀑布飞泉，那瀑布从悬崖峭壁上飞流直下，壮观极了。一只老猴指着瀑布说："哪个有本事的，钻进去，找着了源头再出来，又没伤着身体的，我们就拜他为王。"这时候，石猴"呼"地从草丛中跳了出来，高叫着："我进去！我进去！"

只见他把眼一闭，身子一纵，就跳进了瀑布中。等他睁开眼再看时，却发现里面并没有水，只看见一座铁板桥。他走上桥头，发现桥那边是一座石房，房内石锅、石灶、石碗、石凳、石床，样样俱全。正当中有一块石碑，刻着：

"花果山福地，水帘洞洞天"。真是一个奇妙的地方，石猴不禁喜出望外，急忙跳出水帘，兴奋地把里面的情形对猴子们说了一遍。猴子们听了，个个欢欢喜喜，都跟着石猴跳进了石洞里。猴子们兑现了承诺，一个个拜倒在地，称石猴为"千岁大王"，石猴就号称"美猴王"。

图为连云港花果山景区正门，正门上首为孙悟空的头像，
背衬圆形图案，象征功德圆满，法轮常转。

美猴王天天领着一群猴子在花果山上玩耍，好不开心。转眼间，两三百年过去了。一天，美猴王与猴子们正热热闹闹地喝酒，忽然间却伤心地哭了起来："我们现在是很快活自在，但是却不能长生不老，叫我怎能不烦恼呢？"猴子们听了，一个个都伤心得掉下泪来。这时，从猴群中跳出一只老猴，高声说道："大王不必烦恼！我听说佛祖和神仙都有长生不老的本事，大王拜他们为师，不就可以长生不老了吗？"美猴王听了，满心欢喜，于是决定明天就下山访问仙人，拜他们为师，学一个长生不老的方法回来。

第二天，美猴王独自登上木筏，告别了群猴，飘飘荡荡向大海中驶去。不知道漂了多少天，木筏终于漂到了岸边，只见有人在海边捕鱼、打雁、淘盐，他走上前去，龇牙咧嘴地做了个鬼脸，吓得人们四处逃散。美猴王穿上人的衣服，打扮成人的模样，既学人礼，又学人话。他四处访问，一心想要寻找长生不老的仙方。

很快，八九年过去了。这天，美猴王来到一座山清水秀、林麓（lù）幽深的高山前。他登上山顶，正四处观望，忽然听见树林里传来一阵歌声。美猴王心头一热："神仙原来藏在这里！"他急忙跳过去一看，原来是一位樵夫，在一边砍柴一边唱歌。猴王走近前就叫道："老神仙！弟子有礼了！"那樵夫慌忙丢了斧头，转身说道："我哪里是什么神仙，不过刚才唱的歌，倒是一位神仙教的。"猴王一听，赶紧说道："请你给我指路，我要去拜访神仙。"樵夫往前一指："前面有个斜月三星洞，那洞中有一位神仙，名叫须菩提祖师。你顺着小路往南走，不远就是他家了。"

猴王谢过樵夫，来到三星洞。只见洞门紧闭，猴王心里十分高兴，但是不敢去敲门。过了一会儿，洞门"吱呀"一声就开了，走出一个仙童，叫道："什么人在这里骚扰？"猴王赶紧上前施礼说："我是个访道学仙的弟子，不敢在此骚扰。"仙童笑了："怪不得我家师父说外面有个修行的来了，叫我出来接待，想必就是你了，请跟我进去吧。"

猴王连忙整理了一下衣服，毕恭毕敬地跟着仙童进了山洞。只见须菩提祖师长长的胡子垂在胸前，正端坐在台上讲道，两边有几十个仙童站在台下。猴王一见，便跪下磕头，要祖师收他做徒弟。祖师听说猴王是天地生成，从石头里蹦出来的，就笑着说："我给你取个名字，姓孙，法名叫悟空，好么？"猴王听了高兴地叫着："从今天起我就叫孙悟空啦！"

从此以后，悟空每天和师兄们讲经论道，不知不觉六七年过去了。悟空听着这些道法并不能长生不老，开始不耐烦了。祖师十分生气，他拿着戒尺，指着悟空道："你这猢狲，这个不学，那个不学，到底想学什么？"说完，就用戒尺照着悟空的头敲了三下，倒背着手，走进里面，把中门关了。吓得那一班听讲的，人人惊恐万分。大家都埋怨悟空不该惹师父生气，可悟空却一点儿也不恼，只是满脸赔笑。

当天晚上，到了三更时分，悟空见师兄们都睡着了，便悄悄地来到祖师住的后门外。祖师的房门半开着，悟空轻轻推门进去，看到祖师正在睡觉，也不敢惊动，就跪在床前，等候祖师醒来。祖师醒来看见悟空，故意问道："你不在前边好好睡觉，跑到我这儿来干什么？"悟空说道："师父，昨天你在弟子头上敲了三下，倒背着手走了，又把中门关上。是叫弟子三更时分从后门进来，给我传道，所以弟子才敢大胆来到师父的床前。"祖师听了，心想："这猴子果然是天地生成的，猜中了我的哑谜。"于是，他便把七十二变的口诀传授给了悟空。没过多久，又把筋斗云的口诀教给了悟空。这筋斗云只要念着口诀，翻一个筋斗，就能到十万八千里外。

一天，师兄弟们一起玩耍，大家叫悟空表演七十二变，悟空一高兴就同意了。于是大家让悟空变棵松树，只见悟空念着口诀，摇身一变，变成了一棵枝繁叶茂的青松，大家见了，都鼓起掌来。不料却惊动了祖师，祖师十分生气："这么点功夫，就敢在人面前卖弄？你还是回花果山去吧。"悟空苦苦哀求，祖师也不为所动，只是告诫悟空不要仗着有本事便为非作歹，又再三叮嘱悟空："以后不管发生什么事，对谁都不许说你是我徒弟。"悟空见祖师的话不容商量，只好含着热泪，再三拜谢祖师，纵起筋斗云回花果山去了。

悟空纵身一跃，只听见一只猴子叫道："大王回来了！"顿时，从崖下、草中、树上，跳出来千千万万只猴子，把悟空团团围住。叙了别情，猴子们说道："大王，一个混世魔王强占了我们的洞府，这些年来，我们吃了好多好多的苦。"悟空问了情况，大怒道："什么妖魔，敢欺负孩儿们，我去找他报仇。"

那混世魔王原来是独角魔王，见到悟空赤手空拳前来，个子又小，根本没把悟空放在眼里，干脆还把手里的大刀也丢在了一边，赤手空拳前来迎战。悟空骂道："泼魔好没眼力，叫你吃我一拳！"正说着，就跳上前去，劈脸就打。这魔王站立不住，被打翻在地。这下他不敢大意了，赶紧捡起大刀，朝悟空头上砍了过来。悟空一闪，又拔了一把毫毛，叫声"变！"立刻就有三五百只猴子围住魔王，抱的抱，扯的扯，悟空顺势捡起大刀，分开猴子，把魔王砍成了两段。

猴子们见悟空得胜归来，纷纷替他接风贺喜，大家喝着美酒，很晚才散去。

【博闻馆】

花果山

花果山位于江苏省连云港云台山境内，以古典名著《西游记》所描述的"孙大圣老家"而著称于世，名闻海内外。它丰富的人文景观和秀美的自然风光令游客赞叹不已。一到山门口，《西游记》氛围便扑面而来。山门是在传统古城门的骨架上，用现代表现手法加以渲染。正门上首为孙悟空的头像，背衬圆形图案，象征功德圆满，法轮常转。

游览花果山四季皆宜，春天鸟语花香、夏日飞瀑急湍、秋季风景如画、冬日银装素裹。晴游花果山，登山远望、日出海上、大海茫茫、风帆点点；雨登花果山，云山雾海、如入画图，如临仙境。浓郁的自然风光与灿烂的历史文化，奇异的山水特色与多彩的神话传说，加上古典名著《西游记》的精彩描绘，使花果山充满了神奇的魅力。

官封弼马温

这天，玉皇大帝正在灵霄宝殿上，召集文武大臣们商议政事。东海龙王来到灵霄宝殿，状告孙悟空大闹龙宫，夺走定海神针如意金箍棒的罪行，请求玉帝派天兵天将捉拿悟空。龙王前脚刚走，阎罗王后脚就来了，也是控诉孙悟空大闹地府，强行销了生死簿的罪状。

玉帝听完，不禁勃然大怒，当下决定派天兵天将去凡间降服孙悟空。这时，太白金星出来劝阻说："陛下，既然孙悟空是天地生成，又已经修炼成仙，学了这么大本事，恐怕不那么容易对付。不如让他随便当个小官，把他困在天上，这样一来可以不动刀枪，二来又显得陛下很讲道义。"玉帝听了，觉得很有道理，于是派太白金星去请孙悟空上天。

太白金星出了南天门，来到花果山水帘洞，宣读了圣旨。美猴王听说玉皇大帝要请他上天做官，高兴得不得了，说："我这两天正想上天去走走，嘿嘿，这不就有人来请了！"于是，他吩咐四员大将说："你们好好地教小的们学习武艺，我先上天去探探路，如果好，就带你们一起去天上住！"说完，他欢欢喜喜地跟着太白金星，腾云驾雾上天去了。

太白金星领着悟空来到灵霄殿上。见了玉帝，悟空既不施礼，也不下跪，只是站在一旁，侧耳听着太白金星向玉帝禀报。玉帝问道："哪个是妖仙?"悟空随口答应了一声："老孙便是。"其他神仙看见悟空这样没有礼貌，都大惊失色。玉帝倒是大度地说："他刚到天庭，不懂得礼数，就不追究了。"接着又封悟空为"弼马温"。悟空不知道"弼马温"是个多大的官儿，当下高高兴兴地受了官职，到御马监上任去了。

古人们在马厩中养猴子，这样能有效地趋避马瘟。猴子天性好动，每当这些马松懈倦怠的时候，猴子就会去撩拨它们。这样就使马时刻保持忧患心理，并且还得到一定的训练，从而提高马对血虫病的抵抗能力，所以猴子便有了弼马温之称。

悟空一到任上，就把大小官员都召集起来，点明了马匹的数量，又给每人分派了任务，自己更是不分白天黑夜，精心地喂养马匹。不知不觉中，半个多月过去了，马儿们都被养得膘肥体壮。一天，悟空和手下们一边喝酒，一边闲聊。正喝得起兴，悟空忽然问道："我这'弼马温'是个多大的官儿?"手下告诉他，"弼马温"是天上最小的官儿，小到连级别都没有。悟空一听，顿时怒气冲冲，咬牙发怒道：

"这玉帝老儿，竟然这样瞧不起俺老孙！俺老孙在花果山称王称祖，却哄我来替他养马？不干了！不干了！"说完，"哗啦"一声，把桌子推倒在地，又从耳朵里取出金箍棒，在眼前晃了一晃，变成碗来粗细，抢在手里，一路打出南天门去了。

悟空气呼呼地回到花果山，大叫一声："小的们，我回来了！"猴子们一见大王回来了，纷纷过来叩头，把悟空迎进了洞天深处。悟空登上宝座，猴子们围了过来，问道："大王，在天上做了个什么官儿？"悟空摇手说："不好说！不好说！活活地羞死人！"于是跟猴子们讲了在天上的不公正待遇。猴子们说道："大王神通广大，在这洞天福地为王，尽享快乐，怎么能给别人做马夫呢？""快快拿酒来，为大王解闷儿！"

悟空和猴子们喝得正高兴，忽然，有两个独角鬼王求见。原来他们特意给悟空献来了一件黄袍。悟空十分高兴，随即就把黄袍穿在了身上。那两个鬼王说："大王您这么神通广大，怎么能去养马呢！就算做个'齐天大圣'，又有什么不可以的？"悟空听到"齐天大圣"这个称呼，欢喜极了，连连说"好！好！好！"立刻就吩咐四员大将去给他置办旌旗，绣上"齐天大圣"四个大字，挂在高处；并且让大家以后都称他为"齐天大圣"，不许再叫大王。

玉帝听说孙悟空擅自回到了花果山，还自封为"齐天大圣"，十分生气，便命令托塔李天王和三太子哪吒率领天兵天将，去捉拿孙悟空。

李天王首先派巨灵神去打头阵。巨灵神身材高大无比，他抡着宣花斧，大模大样地来到花果洞外，大声挑衅。大圣一听，不慌不忙地披挂整齐，拿起如意金箍棒，出了洞门，领着猴子们摆开了迎战的阵势。巨灵神高声说道："我是托塔李天王部下先锋巨灵天将，今天奉玉帝圣旨来收降你。如果你胆敢说出半个'不'字，我叫你立刻粉身碎骨！"悟空对巨灵神哈哈一笑，说道："什么毛头神仙，还敢在俺老孙面前夸下海口！我本来应该一棒打死你，现在暂且饶你性命。快快替我带个信儿给玉帝老儿，如果他不封我做'齐天大圣'，我就打上灵霄宝殿，让他做不成玉皇大帝！"巨灵神一听，冷笑一声："你这泼猴，还想做'齐天大圣'？吃我一斧！"说着，劈头就朝悟空砍过去。悟空不紧不慢地抡起金箍棒相迎，巨灵神抵挡不住，一下就被震得双手发麻，悟空见准时机，劈头一棒，巨灵神的宣花斧瞬间就被砍成了两截，只好慌忙逃生。

悟空正打算收兵，忽然看见哪吒朝着水帘洞奔来，哪吒喝道："妖猴！我是托塔天王三太子哪吒。奉玉帝钦差，前来捉你。"悟空听了，哈哈大笑："小太子，你奶牙都还没退，怎么敢说这种大话？赶紧回去告诉玉帝老儿：如果不封我为齐天大圣，我一定打到凌霄宝殿去。"哪吒大叫一声"变！"随即就变成三头六臂，手里拿着六种兵器：斩妖剑、砍妖刀、缚妖索、降妖杵、绣球儿、火轮儿，扑面打来。悟空一见，心中暗自吃了一惊。好大圣，喝声"变！"也变作三头六臂；又把金箍棒一晃，变作三根金箍棒。两人各逞神威，斗了三十回合。真是棋逢对手，将遇良才。哪吒六种兵器，变成千千万万；孙悟空金箍棒，变作万万千千。半空中似雨点流星，不分胜负。正当二人打得难解难分之时，悟空眼疾手快，偷偷拔下一根毫毛，叫声"变！"变成他的本相，手里挺着棒，和哪吒厮杀；而他的真身却趁机一跃，绕到哪吒脑后，朝着哪吒的左胳膊就是一棒。哪吒听得棒头风响，来不及躲闪，挨了一棒，急忙忍着疼痛逃了回去。李天王看到哪吒战败，大惊失色，只好灰溜溜地逃回天宫去搬救兵。

玉帝听了，十分惊讶，准备多加些兵将，去捉拿孙悟空。这一次，太白金星又想了一个主意："那孙悟空这么厉害，恐怕一时半会儿难以收服。不如万岁就让他做个齐天大圣，只给他个空衔，无职无权，又有什么？把他留在天上，也好收了他的邪心，免得再闹出什么事儿来。"玉帝想了想，只好又采纳太白金星的办法。

太白金星又一次来到花果山水帘洞外，发现这次与上次不同，只见猴子们个个威风凛凛，杀气森森。悟空听说太白金星来了，说道："来得好！来得好！那太白金星这次又来，肯定没有好意。"随即命猴子们迎接金星。

太白金星进入洞中，宣了玉帝旨意。悟空听了欢天喜地，立刻就跟着太白金星，又一次到了灵霄宝殿。听完金星的拜奏，玉帝说："孙悟空，今天封你为齐天大圣，从此以后，再不可胡来！"悟空连忙躬身道谢。玉帝又命人在蟠桃园的右边为悟空修了一座齐天大圣府，并赏赐两瓶御酒、十朵金花。

【博闻馆】

金箍棒

　　如意金箍棒是孙悟空所使用的兵器。书中说它原本是太上老君冶炼的神铁，后来被大禹借走，用来治水，治水后遗留下来的定海神针，放在东海。金箍棒两头是两个金箍，中间是一段乌黑的铁；紧挨着箍镌刻着一行字："如意金箍棒！"

　　在《西游记》中，金箍棒似乎注定就是孙悟空的，他得到金箍棒以后，能随心所欲地变化它的大小；而且似乎它只听孙悟空的，在书中金箍棒被夺走多次，但是没有任何神仙或者妖怪能够让它随意变化大小，除了如来佛祖。平时孙悟空将金箍棒变成绣花针大小，藏在耳内；到用的时候，才从耳朵里取出，马上变成碗口粗细的一根铁棒。金箍棒的威力很大，连神仙都敌不过它。而且金箍棒还能被孙悟空随意变化成其他的物体，或者"分身"成许许多多金箍棒。

大闹蟠桃会

王母娘娘准备在瑶池中办"蟠桃盛会",宴请各路神仙,特令七仙女去蟠桃园摘仙桃。

传说中的西王母瑶池有多处,图为西王母最大的瑶池——
青海湖,位于青海省东北部的青海湖盆地内,是中国最大的内
陆湖泊,也是中国最大的咸水湖。

奉命的仙女们顶着花篮,一路欢声笑语,转眼便到了蟠桃园门口。远远迎着看守园门的土地公公及两位仙官,七仙女们忙上前行礼,并告知来意:"我等奉王母娘娘之命,来这儿摘仙桃设蟠桃宴,烦请各位开个门吧。"

土地公公面露难色,说道:"各位仙女且慢。如今不同往日,玉帝派齐天大圣在此监督管理,我们都做不了主了。

须先请示大圣，待他同意了，我们才敢开门哪！"

仙女们也都通情达理："我们的工作十分紧急。不如这样，您带我们一块进园，请示大圣，如何？"

土地公公及两位仙官都觉得这主意不错，便同七仙女一道进入院内。哪知他们各处都找不到悟空，只看见悟空的衣服丢在花间小亭里。原来，自悟空接管这蟠桃园之后，终日潇洒快活，把园内的各色仙桃吃了个遍，这会儿正吃饱了，变了个二寸长的小人，在枝头上躺着睡呢！

七仙女们这下着急了："我们奉王母娘娘之命前来，如今大圣不在，摘不了桃。要是空手回去，怎么交差呀？"

"不然这样吧，"一旁一位仙官说，"大圣可能是出园见朋友了，你们先摘桃，等他回来，我们替你们说一声吧。"

仙女们顿时眉开眼笑，一面道谢，一面各处摘桃去了。她们摘了两三篮，一路进到后边的桃树林，只见那树上果实稀疏，仅挂着一些青皮小桃。仙女们东张西望，只是疑惑：今年桃子怎么熟得这么慢。哪知那些皮薄肉厚的果子，早进了齐天大圣的肚里了！

一位绿衣仙女看见了个半红半白的桃子，伸手去摘。那悟空正睡在桃后，顿时被惊醒了。他现出本相，掏出金箍棒，高声一喝："你们都是哪来的？竟敢打扰老孙睡觉！"

慌得那七仙女忙一齐跪下："大圣息怒！我们是王母娘娘宫内的仙女，只因娘娘要办蟠桃会，特来此摘桃。刚才四处找不到大圣，怕误了娘娘的命令，才未经允许摘起桃来。千万请您原谅啊！"

大圣一听有好玩的宴会，顿时转怒为喜，忙问："这蟠桃会，都请些什么人呢？"

为首的红衣仙女说："各宫各殿的各路神仙，都在邀请之列。"

悟空追问："那有请我齐天大圣没有？"

红衣仙女答道："这倒没有听说。都是依照往年旧规宴请神仙，不知今年有没有什么变动。"

正说着，一旁紫衣仙女自顾自地嘟囔一声："什么齐天大圣，听都没听过。"

悟空一听，怒从中来，他已打定主意要去赴会，只是也不能在这些仙女面前丢了面子，于是便说："既然如此，你们先待着。我亲自去问问王母，请老孙不请！"话音刚落，便使个定身法，将那七仙女齐齐定住，踩上祥云，奔至园外，往瑶池去了。只可怜那七仙女站在桃树下，动也动不得，只能你看着我，我看着你，面面相觑（qù）着发呆了！

这边悟空一路往瑶池飞去。他早听说蟠桃会好玩，断没有错过的道理。不过，名字不在宴客单上，可进不了会场。悟空正发着愁，迎面撞见赤脚大仙，忽然，一个主意涌上心头。

他忙上前打招呼："大仙，这是往哪儿去啊？"

大仙一见是悟空，便停住脚步，答道："这不三月三王母娘娘的寿辰到了么？在下蒙王母娘娘召见，正要去赴蟠桃会。"

这回答可正中悟空下怀，他笑着说："还好你碰上我！你有所不知，玉帝因老孙筋斗云走得快，特命老孙通知受邀的各路神仙：今年改规矩了，得先到通明殿行个礼，然后再去赴宴。"

赤脚大仙哪能知道悟空的小伎俩，只是深信不疑，一边道谢，一边调转祥云，往通明殿去了。

眼看着赤脚大仙渐渐走远，大圣念声咒语，摇身一变，就变做赤脚大仙模样。原来，悟空刚才打好的主意，就是这一招偷梁换柱。他对自己的新扮相十分满意，驾着云，大摇大摆去赴宴。没多久，就到了瑶池入口。

要说这蟠桃会，是为了庆祝王母娘娘一年一度的生辰而设，十分隆重。悟空进到会场里，只见四处张灯结彩，金碧辉煌。一桌桌的奇花异果、佳肴珍馐（xiū），都是闻所未闻、见所未见；好吃的，好玩的，好看的，真是应有尽有。看那桌椅上的花纹，精致非常；就连装花草的盆子，都是用顶级的玉石打造的。还不知点了什么上等的香料，闻起来只觉身体轻盈、精神舒畅。

悟空心想："这才是真正的仙境啊！这些神仙还真会享受，我若不混进来，岂不是白白浪费这些好玩意儿们！老孙今日可得好好玩一玩！"

时候还早，各路神仙都还没到。悟空这里转转，那边看看，正饱着眼福，忽然一阵酒香扑鼻。转头一看，原来长廊之下，摆着几大缸酿好的仙酒，好不诱人！悟空酒瘾一下就上来了，止不住口水直流。只是碍于旁边还有几个造酒仙官、烧火童子，正在那里洗洗刷刷，不好当着他们的面偷吃。这可怎么办呢？

这也难不倒我们的齐天大圣。他灵机一动，拔下几根毫毛，叫声"变！"就变出几个瞌睡虫，偷偷飞到众人脸上。转眼之间，你看那伙人，一个个手软了，眼闭了，东倒西歪，窝在墙角，都呼呼地打起了瞌睡。

这下可好，那悟空现出真身，随手抓了好些美味佳肴，就着玉液琼浆，放心痛饮起来。还没一会儿，那几缸仙酒都几乎见了底。悟空虽醉得不轻，心里却还有几分明白："糟糕！我这么闹了一场，等会儿那些请的客到了，岂不是要怪我捣乱，老孙还是先打道回府吧！"

这一个醉酒大圣，哪能认得路？仗着酒劲，摇摇摆摆，横冲直撞，竟走到了太上老君的府邸（dǐ）。他抬头望望，自言自语道："我怎么走到这儿了？也罢！一向要来看望这老头，如今趁此机会，正好拜访拜访他！"

哪知此时太上老君正带着一门徒弟在外讲道，并不在家。悟空进门之后，连一个人影也没见着，七拐八弯，一路闯进老君的炼丹房里。只见炉左右安放着五个葫芦，葫芦里都是炼就的金丹。

悟空心里琢磨着："早就听说此金丹乃仙家宝贝，吃着不仅可以延年益寿，还能提升修为。这太上老君也小气，平常老孙想要也难得，今日趁他不在，我得吃几丸尝尝。"边想着，就把那葫芦一倒，如吃炒豆子一般，顷刻间将那些仙丹都装进肚里了。

丹一下肚，酒便醒了，悟空顿时发现事态不妙："糟糕！这祸闯大了。若惊动玉帝，老孙性命难保。还是走为上策！"于是使个隐身法，腾云驾雾，溜回花果山去了。

【博闻馆】

蟠 桃

相传三月三日乃西王母寿辰。每逢这一日，西王母都会大开盛会，以蟠桃为主食，宴请各路神仙，这也就是传说中的蟠桃会。

《西游记》里与蟠桃会相关的主角可不止悟空一人，天蓬元帅（猪八戒的前世）即是在某一届蟠桃会后大醉而调戏嫦娥，才被贬下凡间，并阴错阳差投胎成了猪身；卷帘大将（沙和尚的前世）也是因为曾在蟠桃会上失手打碎一个琉璃盏，而被罚入凡间。看来，蟠桃会和这几位师兄弟的缘分还真是不浅哪！

蟠桃会所食之蟠桃，乃仙界盛品，《西游记》里也有说明。第五回中土地公公向孙悟空介绍蟠桃园时曾说，小桃树三千年一熟，人吃了成仙了道，体健身轻；一般桃树六千年一熟，人吃了霞举飞升，长生不老；最好的桃树九千年一熟，人吃了与天地齐寿，日月同庚。如此珍品，被悟空偷吃了许多，难怪法力越发厉害了。

民间传说中，偷吃这蟠桃的也不止孙悟空一人。相传汉代著名文学家东方朔也曾数次偷桃得手，并因此得道成仙。民间因此流行悬挂以东方朔偷桃为题材的画作，以祈盼健康长命，或以为祝寿佳品。至于还有以蟠桃为原型制成的糕点，同样寄予了人们希望长寿的美好愿望。

佛祖降悟空

观音菩萨应王母娘娘的邀请来到瑶池，听说悟空搅乱了蟠桃会，还偷吃了太上老君的仙丹，就向玉帝推荐二郎神去捉拿悟空。这二郎神是玉帝的外甥，神通广大，而且相貌也极为特别，他有三只眼，多出的一只眼睛长在额头上。

二郎神叫上梅山七兄弟，驾着神鹰牵着天狗，纵起一阵狂风，来到了花果山。他对李天王说："我来这里，要与那妖猴斗个变化。请列位用天罗地网把四周看紧。"

二郎神来到水帘洞外挑战，悟空急忙拿起金箍棒跳出洞门。两人大战了三百余个回合，依旧不分胜负。忽然间，二郎神抖擞神威，摇身一变，顷刻间变得身高万丈，双手举着那柄三尖两刃刀，好像华山山峰一样，恶狠狠地就往悟空的头上砍。悟空也不甘示弱，使了个神通，变得跟二郎神的身躯一模一样，举起金箍棒，就像是昆仑山顶上的擎天柱，抵住了二郎神。

就在这时，梅山七兄弟杀进了水帘洞。猴子们纷纷抛戈弃甲，跑的跑，喊的喊，上山的上山。悟空正与二郎神酣斗着，忽然看见猴子们惊散，不觉心慌，急忙恢复原形，抽身就走。二郎神大喝一声："泼猴，哪里走！"大圣急忙摇身一变，变成个麻雀，飞上了树梢；二郎神睁开那三只眼一看，随即变成一只凶猛无比的饿鹰，抖开翅膀，就扑向麻雀。悟空见了，"嗖"地一声，变作一只大鹚（cí）鸟，冲天而去；二郎神急忙抖动翎毛，变作一只大海鹤，直钻云霄。悟空将身子按下，变成一条鱼钻进了水中；二郎神又变成一只鱼鹰，漂在下游的波面上等待。悟空看到水面上有只鱼鹰停在那里，意识到是二郎神所变，急忙转头，变成一条水蛇钻入了岸上的草丛里；二郎神认得是悟空，又变成一只灰鹤，伸出尖嘴，去啄水蛇。悟空又变成乌鸦，停在了水草上；二郎神急忙变成原身，取出弹弓来打乌鸦；悟空就势滚下山坡，变成一座土地庙，张大嘴巴变作庙门，牙齿则变成两扇门，舌头变作菩萨，眼睛变作两个窗户，只有尾巴没有地方放，就变作一根旗杆，竖在了庙的后面。二郎神笑道："哪有旗杆插在庙后面的道理！一定是那孙猴子变的，看我不捣毁他的眼睛，踢坏他的门。"悟空一听，连忙使个隐身法，一个筋斗云就翻到二郎神的老家灌江口去了。

悟空变成二郎神的模样，大模大样进了二郎神的府内。二郎神追到灌江口，二人又打了起来，几百个回合下来，且行且战，打回了花果山。这时，玉皇大帝、观音菩萨、太上老君等正在南天门观战，太上老君从左胳膊上取下金刚套，冷不防丢了下去，正好砸在悟空头上。悟空正和二郎神苦战，根本没想到天上会掉下来兵器，站立不稳，跌了一跤。二郎神的哮天犬瞬间就扑了上去，咬住了悟空的腿，众天神也看准机会，一拥而上，死死按住悟空，又用金刚索把悟空捆了个结结实实。

玉皇大帝下令将悟空押到斩妖台，要将他乱斧砍死，结果任凭刀砍还是斧剁，悟空都毫发无损。原来悟空吃了蟠桃、仙酒和仙丹，所以刀枪不入。太上老君说："还是把他交给我吧，我把他放到八卦炉中去烧他七七四十九天，也好让他把金丹还给我！"于是，悟空被推进了八卦炉，大火熊熊燃烧了起来，悟空在炉中找了一个有风无火的位置，只是烟熏得他眼泪都流干了。令人意想不到的是，几天下来，悟空却被熏出了一双火眼金睛。

炉火一直烧了七七四十九天，太上老君以为悟空早就成了灰，就下令打开炉盖。悟空听见炉盖的响声，猛然看见一丝光线，迫不及待地就跳出了丹炉，"哗啦"一声把八卦炉踢倒在地。又从耳朵里拿出金箍棒，见人就打。悟空打得起性，一直打到了凌霄宝殿外面。

眼看着悟空就要打进凌霄宝殿，这可把玉帝急得团团转，连忙命人去请西天的如来佛祖。如来问悟空道："你就是花果山的孙悟空？听说你大闹了天宫，为什么如此猖狂？"悟空哈哈一笑："常言道'皇帝轮流做，明年到我家。'凭什么玉帝老儿一直坐着这皇位？"如来也哈哈大笑："你这妖猴，你有多大本事，竟然想要占领这天宫宝座？"悟空不假思索道："我的本事多着哩！我会七十二变，还会筋斗云，我一个筋斗能翻十万八千里。"如来顺着悟空的话说道："我和你打个赌吧，如果你一个筋斗云能翻出我的手掌心，我就让玉帝把天宫让给你；如果翻不出，别怪我不客气！"

悟空听了，心里暗笑："我老孙一个筋斗云十万八千里，他那手掌，方圆不满一尺，怎么会跳不出去？"于是满口答应："好！你可要说话算话！"接着，如来伸出右手，悟空身子一纵，站在了如来的手心里，叫了声"我去也！"便消失得无影无踪。

悟空正拼命地前进，忽然抬头看见前面有五根肉红色的柱子，心想：这肯定就是天的尽头了，这下凌霄宝殿我是坐定了！又一想：不如留下些记号，免得如来赖账。于是，就在柱子跟前撒了一泡猴尿。过了一会儿，还不放心，又变出毛笔，在中间的柱子上写下："齐天大圣到此一游。"这才驾起筋斗云，回到了如来的手心里。

"五行山"当地人又叫"五指山"，是由五座挺拔高耸的巨岩组成，远远望去颇似人伸出的五指。分别代表金、木、水、火、土五行，也象征仁、义、礼、智、信。

悟空得意洋洋地对如来说："如来老儿，我已经去了天边，还留下了记号。你要是不信的话，可以跟我一起去看看！"如来哈哈大笑："你还没有翻出我的手心呢！"于是伸开手掌给悟空看。悟空低头一看，发现如来的中指上的确写着"齐天大圣到此一游"八个大字。悟空暗自吃惊，想纵身跳出如来的手心。如来翻掌一扑，把悟空推出西天门外，他将五指化作了金木水火土五座联山，起名为"五行山"，把悟空压在了山下。又在山顶上贴了一张帖子，对悟空说："五百年后，有一个取经的和尚会经过这里，他会救你出去，你要拜他为师，好好保护他去西天取经。"

【博闻馆】

二郎神

二郎神，姓杨名戬，天庭大将，玉帝的外甥。他最引人注目的是额上多一只眼睛，而且中间的眼睛是立着的。他神通广大，手执一把三尖两刃刀，还跟着一条哮天犬。早年曾劈桃山救母，又帮助武王伐纣，王母娘娘十分疼爱他。但他与舅舅玉帝不和，所以不愿意住在天界，而是在下界守人间香火，率领梅山七怪七位结义兄弟驻扎灌江口。

他与玉帝立约"听调不听宣"。意思是：我服从你调遣我去打仗除妖的军令，要是以君主或者舅舅的身份叫我和你见面，那就免开尊口。

二郎神刚直公正，显圣护民，在后世文学作品中逐渐成为司法天神，掌管天条，是个铁面无私的人物，后人还给他加了一个"天宫第一战神"称号。

取经赴西天

光阴似箭，岁月如梭。孙悟空在五行山下，一压就是五百年。

一天，如来佛祖对众仙佛、菩萨说："我看那四大部洲，众生善恶，各方不一。我有大乘三藏真经，共计三十五部，一万五千一百四十四卷，可以劝人为善，普度众生。我需要一个有法力的人，去东土寻找一个信徒，教他历经万水千山，到此求取真经，永传东土，劝化众生。"佛祖刚说完，观音菩萨上前说道："弟子愿意去东土找到取经人来。"如来一听，心头一喜："你神通广大，正好可以去。"

观音菩萨领了如来佛祖的旨意，带着锦襕（lán）袈裟（jiā shā）、九环锡杖等五件宝贝，和徒弟木吒，往东土而去。途中，又在福陵山收了被玉帝打下凡尘的天蓬元帅，取名猪悟能；在流沙河收了被玉帝贬下界的卷帘大将，取名沙悟净；救了西海小白龙；还看望了压在五行山下的孙悟空，要他们给取经人作徒弟。接着，师徒二人到了大唐国长安城，变作两个癞头和尚，在城内明察暗访取经的善人，很多天也没有碰上真正有德行的人。

有一次，忽然听到百姓在讨论唐太宗李世民正命高僧玄奘在化生寺宣讲佛法，于是，二人前去观看。他们夹杂在人群之中，听完之后，靠近前去对玄奘说："你只会讲'小乘教法'，可知道'大乘教法'吗?"玄奘听了，心中大喜，马上走下台来，对着二人施了一礼，说："弟子失礼，我只知道'小乘教法'，不知'大乘教法'是什么，请指教。"二人说："大乘佛法三藏，能超亡魂升天，能度受难的人脱苦，能修无量寿身。"玄奘追问道："你说的大乘佛法在什么地方？"二人说："在大西天天竺国大雷音寺佛祖如来处。高僧有德有行，如果肯去西天取经，一定可以求得正果。我手里的这些宝贝也可以赠送给高僧。"说着，就把手中的袈裟和锡杖递了过去。玄奘当下便深施了一个礼，说："贫僧愿意去西天取回真经。"唐太宗也是一个信佛之人，听了双方的对话后，十分高兴，当场就与玄奘结拜为兄弟，并给他赐名"唐三藏"，人称唐僧。又送给他紫金钵盂一个，白马一匹和两个随从。

雷音寺，位于敦煌市至鸣沙山月牙泉风景区公路的左侧。传说古时在月牙泉附近有雷音寺，后被风沙所埋。1989年，由国内外佛教团体和敦煌市佛教协会捐赠，重建了雷音寺。

第二天，唐僧就带着两个随从，马不停蹄地向西而行。不到半个月，两个随从就被妖精吃了，那马儿也被吓得走不动了，幸亏遇到一个猎户刘伯钦，将唐僧送到了一座险峻的大山前。他们走到半山腰，刘伯钦止步不前说："长老，前面的山叫做两界山，山的东边归我大唐管，西边是鞑靼（Dá dá）的疆域，我是不能过界的，你自己走吧，一路上多加小心哪！"唐僧只好含泪与刘伯钦告别。正在这时，忽然听到山脚下喊声如雷："我师父来也！我师父来也！"吓得唐僧胆战心惊。刘伯钦说："肯定山脚下石匣中的老猴在叫喊。这座山原来叫五行山，后来改为两界山。听说，五百年前，这座山从天而降，下面压着一只神猴，不怕寒暑，不吃饮食。长老别怕，我们下山去看看。"

刘伯钦引着唐僧来到山下，只见那石匣之中，果然压着一只猴子，露着头，伸着手，叫着："师父，你怎么现在才来？来得好，来得好，快救我出去，我保护你去西天取经。"唐僧正想问他是怎么回事，猴子却自个儿说道："我就是五百年前大闹天宫的齐天大圣，被如来佛祖压在这里。前些日子，观音菩萨劝我皈（guī）依了佛法，让我给你做徒弟。"唐僧听了，满心欢喜，可又发愁没有办法救悟空出去。悟空说："你只要把山顶上如来佛的金字压帖揭下来就可以了。"于是，唐僧和刘伯钦爬上山顶，只见金光万道，有一块四方大石上贴着一张金字封皮，唐僧轻轻用手一碰，一阵清风就把帖子刮上了天空。

两人又来到石匣边，悟空高兴地说："师父，你走开些，我好出来，别吓着你。"只听得山崩地裂般一声巨响，唐僧还没有从惊吓中缓过神来，悟空就已经跪在了唐僧的面前，说道："师父，我出来了。"悟空恭恭敬敬地朝着唐僧拜了四拜，又谢过了刘伯钦。唐僧说："看你那个样子，倒像个行者，我就叫你行者吧。"从此，孙悟空又叫孙行者了。

唐僧和悟空来到一片大树林边，忽然，路边闪出六个强盗，要抢唐僧的马匹和行李，吓得唐僧魂飞魄散，跌下马来。悟空扶起唐僧，说："师父不要怕！这些人都是给我们送盘缠的。"强盗一听，气得一齐拥上来，照着悟空就是一顿乱打、乱砍，只见火星直冒，却不见有血流出来，强盗们顿时都傻了眼。悟空说："你们打累了，现在该俺老孙要要威风了。"说完，从耳朵里拿出一根"绣花针"，迎风一晃，立刻变成一根碗口粗细的铁棒。强盗们吓得回头就跑，悟空马上赶上去，晃了晃手中的金箍棒，六个强盗一下全都被打死了。

这下，唐僧生气了，说道："他们虽然是强盗，但也没有到该死的地步，而且你一杀就是六个！这个样子怎么能做和尚？"悟空反驳说："如果我不打死他们，他们就要打死你呀！"唐僧说："我们出家人宁死也不能行凶，你现在既然已经入了佛门，如果还是像当年一样行凶，就去不得西天，做不得和尚！"悟空最受不得别人的气，见唐僧絮絮叨叨个没完，一下子按捺不住心中的火气，丢下一句："我好心好意保护你，你反倒说我做不得和尚，去不得西天。既然这样，那我回去就是了！"说完，一个筋斗云，就不见了踪影。

唐僧没有办法，只好收拾了行李，一只手拄着锡杖，一只手牵着缰绳，凄凄凉凉地向西前行。忽然看见前面有一个老婆婆，手里捧着一件棉衣、一顶嵌金花帽。她对唐僧说："这两样衣物，等你徒弟回来就让他穿上，我这儿还有一篇咒语，叫做'紧箍咒'，你牢牢记在心头。如果他不听你的话，你就念几句咒语，这样一来，他就再也不敢不听你的话了。"说完，老婆婆化作一道金光，向东去了。唐僧这才知道，原来是观音菩萨特地来帮助他的。

再说悟空一个筋斗云来到了东海龙宫，向龙王诉说生气的缘由，完了说道："我老孙一气之下，就撇下了他，想回花果山去，又想到先来看望龙王你，讨一杯茶喝。"老龙王劝道："大圣，你如果不保护唐僧，终究只是一个妖仙，成不了正果；再说，你一生气就走了，谁来保护你师父呢？"悟空听了，沉默了半天，最后决定去找唐僧。

悟空落下云头，只见唐僧在路旁闷坐着，便跪下道："师父，我知道错了！从今以后，我一定好好保护师父去西天取经！"唐僧见他态度诚恳，就原谅了他。悟空看到唐僧身边放着一件光艳艳的锦衣和一顶嵌金的花帽，就说道："师父还有这样的好东西，送给我吧。"唐僧说："你如果能穿，那就送给你吧。"悟空喜不自禁，急忙穿好锦衣，戴好花帽。没想到帽子刚刚戴上，立刻就变成了一个金箍，任凭悟空怎么使劲，甚至用金箍棒来撬，也取不下来了。唐僧见了，默默地念起了那紧箍咒，刚念了几句，悟空就叫了起来："头疼！头疼！"唐僧接着念了下去，痛得悟空抱着头，扯着帽子，满地打滚。唐僧看不下去，就住口不念了。说也奇怪，悟空的头立马就不痛了。

悟空发现头疼是师父咒的，十分生气，举起棒来，就要打唐僧。唐僧见了，赶紧又念起了紧箍咒，悟空又头痛得跌倒在地，只好央求道："师父！我再也不敢了！求求师父别再念了！"唐僧问道："从现在开始，你都愿意听我的话吗？"悟空跪下来，说："师父，我愿意。我一定保护你去西天取经，绝不反悔！求你别再念这咒了。"唐僧这才放下心来。

师徒二人重归于好，悟空扶着唐僧上了白马，自己整了整那身锦衣，收拾好行李，继续翻山越岭，向西前行。

【博闻馆】

玄　奘

玄奘，俗姓陈，名祎，唐朝著名的三藏法师，又名唐三藏。他是中国著名古典小说《西游记》中心人物唐僧的原型。

唐僧十八岁出家皈依佛门，经常青灯夜读，对佛家经典研修不断，而且悟性极高，二十来岁便名冠当时的中国佛教界，倍受唐朝太宗皇帝厚爱。后来被如来佛祖暗中选中去西天取经，并赐宝物三件，即袈裟、九环锡杖、紧箍咒。唐僧身材高大，举止文雅、性情和善，佛经造诣极高。小说中他西行取经遇到九九八十一难，始终痴心不改，在孙悟空、猪八戒、沙和尚、白龙马的辅佐下，历尽千辛万苦，终于从西天雷音寺取回三十五部真经，为弘扬佛家教化做出了巨大贡献，至今被人们津津乐道。

智收白龙马

师徒二人继续向西前行，不觉时光飞逝，转眼已到腊月寒天。他们顶风冒雪，走在叠岭层峦的险峻山路上。一天，他们来到蛇盘山鹰愁涧，听到一阵"哗哗"的水声传来，两人循声望去。这时，从涧中猛然钻出一条白龙，推波掀浪，蹿上山岩，直接扑向唐僧。悟空慌忙丢下行李，把师父抱下马来，回头就跑。那条龙赶不上悟空，就张开大嘴一口把白马吞下了肚里，然后又钻回涧中，不见了踪影。

悟空把唐僧送到一个高坡上坐下，又回到涧边去牵马挑行李，结果却只见一担行李，不见了白马。他跳到空中，四下里观看，到处不见白马的踪迹，就断定是被那条龙吃掉了，只好如实向师父禀报。唐僧听了，想到没有马就难以前行，禁不住泪如雨下。悟空见了，便驾起云雾，对着水中高声叫道："泼泥鳅，还我马来！还我马来！"

鹰愁涧，这涧中自来无邪，只是深陡宽阔，水光彻底澄清，鸦鹊不敢飞过，因水清照见自己的形影，便认做同群之鸟，往往身掷于水内，故名鹰愁涧。

白龙吃了白马，正在洞底休息，忽然听见有人叫骂，立刻纵身跃出水面，回应道："是谁敢在那里骂我？"悟空见了，二话不说，抢起金箍棒劈头就打，那条龙也张牙舞爪地向悟空扑了过来。白龙根本不是悟空的对手，几个回合下来就累得精疲力竭，打了个转身，就逃回水底，再也不出来了。

　　悟空又叫骂了一阵，见白马没有动静，就使出翻江倒海的本领，把这条清澈见底的鹰愁涧搅得泥沙翻滚，浊浪不堪。白龙在水底下被弄得坐卧不安，只好硬着头皮跳出水面。双方又打了起来，白龙实在斗不过悟空，就摇身变成一条水蛇，钻到草丛中去了。悟空赶忙追过去，可是连蛇影子都没看到，急得他念动咒语，把当地的山神和土地神叫了出来，问道："那水中是什么怪龙，把我师父的白马抢去吃了？"山神和土地神回答说："前些年观音菩萨救了一条白龙，放在这涧中，叫他等候取经人。要想擒住他，只要将观音菩萨请来就行了。"悟空听了，就要去南海请菩萨，忽然听见空中有天神叫道："大圣不必动身，小神去请菩萨。"

　　没过多久，菩萨就驾云来到了鹰愁涧上空，看见悟空还在涧边叫骂，就让天神唤他过来。悟空纵云跳到空中，大叫道："你这个慈悲的菩萨，既然放我出来了，怎么又教师父念什么紧箍咒害我？现在还让这条龙吃了我师父的马！"菩萨回斥道："你这个大胆的猴子！我好意救了你性命，你不来谢恩，反倒跟我来嚷闹。那条龙，本来是西海龙王的三太子，犯了不孝之罪，是我奏请玉帝，要来为取经人做脚力的。你想想，那匹东土的凡马怎么能翻越千山万水，怎么到得了西天呢?"悟空点点头,接着问道:"可是他现在这样,潜在水底不出来怎么办?"菩萨面带微笑,吩咐天神朝涧中喊了一声,只见白龙翻波跳浪,变成一个英俊的少年,来到菩萨面前,拜了一拜:"蒙菩萨救命之恩,我在这里等了很久,也不见取经人的音讯。"菩萨说:"小白龙,你师父已经来了!"又用手指了指悟空,"这就是取经人的大徒弟!"然后,菩萨上前解下了白龙脖子上的夜明珠,用柳条蘸出甘露,往小龙身上拂了一拂,吹了口气,叫了声"变!"白龙就变成了一匹白马。菩萨又吩咐他用心跟随唐僧,功成之后,得个金身正果。

观音菩萨叫悟空牵着白马去见唐僧,悟空谢过观音。菩萨又将杨柳叶儿摘下三个,放在悟空的脑后,变作三根救命的毫毛,并说如果遇到大灾大难,这三根毫毛可以救他脱离危险。说完,就驾起祥云,回到南海去了。

悟空谢过菩萨,牵着白马,兴高采烈地来到唐僧跟前。唐僧一见大喜,轻轻地抚摸着马头,问道:"好马,好马,你是在哪儿找的马?"悟空说道:"师父,你不知道哩!这是刚才菩萨把那涧中的龙变作了白马,让老孙牵了来。"唐僧一听,连忙向着南方磕头。

【博闻馆】

白龙马

白龙马,原本是西海龙王的三太子,因为纵火烧毁玉帝赏赐的明珠而触犯了天条,后来多亏南海观世音菩萨出面才免于死罪,被贬到蛇盘山等待唐僧取经。他误吃了唐僧所骑的白马，被菩萨点化，变身为白龙马，皈依佛门。取经路上供唐僧坐骑，任劳任怨，历尽艰辛，最终修成正果，被升为八部天龙广力菩萨。

白龙马虽然及不上孙悟空和猪八戒形象那么鲜活，但他却是取经集体中不可缺少的一员。在这个集体中，白龙马是唐僧的忠实承载者，是走在西行路上时间最长的一个，也是取经事业的最忠实的行动者和见证人。

制服黑熊妖

唐僧骑上这白龙马，赶路比以前快了许多，一行三人一路西行。

光阴匆匆，不知不觉到了早春时节，林间蓓蕾初绽，娇莺鸣啼，唐僧和悟空一边赶路，一边欣赏着美丽的山林春色。美好的时光总是过得很快，一下子又到了夕阳西坠时分。他们看见远处山坳（ào）里有座寺庙，便打算去寺中投宿。

这是一所观音禅院，守门的和尚听说唐僧是东土来的，连忙施礼，把师徒二人请了进去。院主是一个有着270岁高龄的老和尚，他接待唐僧师徒的时候，用一个羊脂玉的盘子，盛着三个法蓝镶金的茶杯，旁边摆放着一把白铜壶。唐僧见了，称赞说："好物件！"老和尚得意地笑了，嘴上却说道："哪里哪里！你们从天朝上国来，一定有不少奇珍异宝，能不能借给弟子开开眼界？"唐僧回答说："东土实在没什么宝贝，就算有，路途遥远，也带不过来。"悟空听师父这么一说，忍不住了："师父，把你那件袈裟拿出来给他看看。"众位僧人听了"袈裟"两个字，纷纷笑出声来。院主想卖弄自己富有，就叫院内的和尚抬出十二个柜子，取出袈裟挂在晾衣绳上，请唐僧观看。果然是满堂绮绣，四壁绸罗。悟空见了很是不以为然，笑道："看了我师父的袈裟，你们才知道什么叫大开眼界。"唐僧扯住他悄悄说："徒弟，不要跟别人斗富，以防有意外之祸！"悟空哪里听得进去，不顾唐僧劝阻，就从包袱里取出那件锦襕袈裟。他把袈裟一抖，顿时红光溢室，彩气盈庭。众僧见了，个个惊得目瞪口呆，缓过神来以后，无不心欢口赞。

那院主见了这么好的宝贝，果然动了邪念，他走上前去，对唐僧跪下，垂着眼泪说："弟子无缘，这宝贝刚一展开，天色就晚了，弟子老眼昏花，看不清楚这件宝贝。可不可以让我把它拿到后房，仔细地看一夜，明天早上一定奉还。"唐僧正犹豫着，悟空却爽快地说："叫他拿去看吧，有什么差池，包在俺老孙身上。"唐僧只好交代老和尚明早一定要还。

老和尚把袈裟骗到手，在灯光下看着那袈裟，突然间嚎啕大哭起来。众僧都不明白怎么回事，老和尚说："我做了二百多年的和尚，空挣了那几百件袈裟，可哪里比得上这一件？如果叫我穿上它一天，就是死也瞑目了。"一个和尚听了，马上猜到了院主的心思，便出了个主意："我们趁着唐僧师徒睡觉的时候，把那三间禅房点火烧了，那师徒二人便会一起烧死，袈裟不就成了我们的传家之宝了？"老和尚听了，连声说妙，当下便吩咐和尚们搬来柴草准备放火。

悟空刚想入睡，忽然听到院子里人声嘈杂，觉得奇怪，一骨碌就爬了起来；又怕惊醒唐僧，就变成一只小蜜蜂，从窗户缝中钻了出去。看到和尚们正围着禅房放火，心中暗笑："果然被我师父言中了！"他第一反应是把他们全都打死，又想到这样一来唐僧肯定会怪他行凶，于是眼珠一转，想出了一条妙计。

悟空驾起筋斗云，来到南天门，找到广目天王借了避火罩，径直落到禅房的顶上。他用避火罩罩住唐僧、白马和行李，然后悠闲地坐在屋顶，看着和尚们放火。一时间，大火熊熊燃起。悟空心想，这些和尚心也太狠了。于是，念声口诀，一口气吹过去，立刻刮起一阵狂风，火借着风势，越烧越旺盛。顷刻间，整个观音禅院就变成了一片火海。可怜了那些和尚们，纷纷搬箱子、抬笼子、抢桌子、端锅子，手忙脚乱，叫苦连天。

不料，这场大火惊动了一个妖怪。原来在观音禅院的正南方，有一座黑风山，山里有一个黑风洞，洞中住着一个黑风妖怪。他远远地看到寺庙起火，就想去趁火打劫偷点东西。于是纵起云头，飘进方丈的房中，看到桌上的包袱内散发出无数的霞光，解开一看，竟然是一件价值连城的袈裟，二话不说，拿起袈裟，就回洞中去了。

悟空只顾在屋顶上看热闹，全然没有留心妖怪。这场大火一直烧到天快亮的时候才熄灭，悟空这才收起避火罩，一个跟斗送回南天门，还给了广目天王。回到禅房，见师父还在熟睡，就轻轻地唤醒了他。唐僧打开房门，看到院中到处是乌黑烧焦的木头，好端端的观音禅院已经不复存在，不由大吃一惊。悟空把昨天晚上发生的事情说了一遍。唐僧

黑风山，位于昆明市安宁市鸣矣河乡、八街镇、县街乡境内，平均海拔 2500 米，主峰大墓山（当地人还称"李大张坟山"），海拔 2617 米，是安宁市最高峰，也是安宁市与玉溪地区易门县的界山。

担心那袈裟，就和悟空一块去后房寻找，他们把房里的角

落，从头到脚细细找了一遍，也没有看见袈裟的踪影。

寺里的和尚们看见他们，以为是冤魂取命来了，吓得连连跪地求饶。悟空喝斥道："你们这些该死的东西，谁向你讨命了，赶紧把袈裟还给我！"老和尚此刻也正为丢了袈裟又烧了寺院而懊恼，现在又听说唐僧师徒没有烧死，要袈裟来了，顿时吓得六神无主。他进退无门，就拽开步子，弓着腰，一头朝墙上撞去，只见头破血流，当场就断了气。唐僧看见，开始不断地埋怨悟空何苦要和别人斗气比阔。

悟空只好追问那些和尚袈裟在哪里，和尚们都说不知道。悟空想了半天，问道："这附近有什么妖怪吗？"和尚说："这南边的黑风山上有一个黑风洞，洞里有一个黑大王。"悟空立刻吩咐和尚们："好好儿服侍我师父，如果有半点不周到，小心你们的脑袋。"说着，抢起金箍棒，"扑"的一下，把身边的一堵墙砸了个粉碎。

悟空一个筋斗云来到黑风山，按落云头，往林中走去，忽然听见草坡前有人在说笑。悟空侧身躲在岩石后面一看，原来是三个妖魔正席地而坐，为首的是一个黑脸的大汉，右边是一个白衣秀士，左边是一个道人。只听见那黑脸大汉笑着说："昨天晚上我得了一件宝贝，叫锦襕袈裟。今天特地请二位过来，想开个佛衣盛会。"

悟空一听，忍不住跳出岩石，骂道："好一个偷东西的贼怪，偷了我的袈裟，还要做什么佛衣大会，赶紧给我还回来！"他跳上前去，"呼"地就是一棒，那黑脸大汉连忙化作一阵风逃走了，道人也驾云跑了，只有那个白衣秀士没来得及逃走，被悟空一棒打死现出原形，原来是条白花蛇。

悟空紧追着那股风来到一座洞府前，门上横着一块石板，写着"黑风山黑风洞"几个大字。悟空抡起金箍棒，高声叫喊着让妖怪将袈裟还来。黑风怪听了，穿上乌金甲，抄起一杆黑枪，冲出洞门，就和悟空打了起来。二人一连斗了十几个回合也没有分出胜负，渐渐地，红日当头，黑风怪丢下一句："等我吃了午饭再战。"就虚晃一枪，转身进洞去了。

悟空攻门不开，只好回到观音禅院，吃完斋饭，又驾云回到黑风山。正好碰上一个小妖怪，手里拿着一个木匣，急急忙忙向前走着，悟空迎头一棒，就把他打成了肉饼。悟空打开木匣一看，竟然是一封请观音禅院那老和尚参加佛衣大会的请柬，这才明白，原来老和尚早就和妖怪有来往。悟空心生一计，摇身一变，成了老和尚的模样，大摇大摆地走进了洞里。黑风怪迎了上来，刚寒暄了几句话，一个巡山的小妖就跑进来说送请帖的小妖被人打死了。黑风怪马上明白过来眼前的和尚是假的，就拿出枪狠狠地刺向悟空，悟空现出原形，"嘿嘿"笑了几声，又和妖怪打了起来。

两人你一枪，我一棒，从洞中打到洞口，又从洞口打上山头，一直到太阳落山。那妖怪说："今天天色已晚，等明天早上再来，和你定个死活。"随即又溜回洞中去了。悟空没有办法，只好回到观音禅院。唐僧看见袈裟还没有夺回来，寝食难安，焦急万分。

第二天一早，悟空一个筋斗云来到南海落伽山，见到观音菩萨，说明了来意。菩萨说那怪物是个黑熊精，本领不小。又说看在唐僧的面子上，答应和悟空去一趟。

正走着，忽然看见山坡前走出那天的那个道人，手里托着个玻璃盘，盘里装着两粒仙丹。悟空见了，上前一棒就把道人给打死了，原来是一只灰狼。悟空灵机一动，说："菩萨，要不你变作那道士，我变成一粒仙丹。你捧着盘子去见黑风怪，让他吃下仙丹，我就在他肚子里闹起来，看他不还我袈裟。"菩萨笑了笑，答应了悟空。菩萨来到洞中，对黑风怪说道："小道敬献大王一粒仙丹，祝大王健康长寿。"黑风怪听了十分高兴，接过仙丹刚送到嘴边，没想到那仙丹竟然自己滚进了肚里。

悟空一到黑风怪的肚子里，就现出原形，一阵拳打脚踢，痛得黑风怪在地上直打滚。菩萨也现出了本相，命令他交出佛衣。黑风怪疼痛难忍，只好叫小妖拿出了袈裟。悟空刚从黑风怪的鼻孔里跳出来，黑风怪就摆出一副凶相，提着枪向悟空刺去。菩萨浮到空中，念起了咒语，黑风怪马上头痛了起来，满地打滚，连声求饶。悟空走上前去，举起金箍棒就要打他，被菩萨阻止道："别打他，我要带他回去做个守山大神。"然后叮嘱悟空好好保护唐僧，不要再卖弄惹事，就回南海去了。

【博闻馆】

黑风洞

黑风洞位于马来西亚首都吉隆坡，是一个石灰岩溶洞群，洞内有形状各异的巨大乳石从洞顶垂下，颇为壮观，有"马来西亚大自然奇观"、"石灰岩的梦世界"的美誉。其中以黑洞和光洞最为有名。黑洞阴森透凉，小径陡峭，曲折蜿蜒，栖息着成千上万的蝙蝠、白蛇和蟒蛇等 150 多种动物；光洞由于洞顶有孔，阳光从岩隙中射进洞内，射入洞内的阳光使得晦暗的洞穴透出一种神秘的气氛。

相传"黑风洞"这个名称的来由颇有意思，由于当时科技水平落后，人们对自然的现象难于解释，往往就说鬼神在作怪。黑风洞山高路险，附近的居民每当清晨和傍晚，望见山洞那边总是有一股股的黑烟飘进飘出，以为是鬼神"早出晚归"。后来终于真相大白：原来造成黑风的是洞内聚集成群的燕子和蝙蝠，它们每天清晨要飞出洞觅食，然后傍晚归来，由于通常是一大群，远远望去好像一股黑烟。黑风洞由此而得名。

猪八戒拜师

唐僧和悟空又继续赶路，来到乌丝藏国的高老庄，二人见天色已晚，想去找个人家借宿。刚走到村口，就碰到一个行色匆匆的少年，悟空顺手扯住他，问道："年轻人，这是什么地方？"那人不耐烦地说："问别人去吧，我还有事。"悟空见他神色不对，就一把抓住他的胳膊说："你要是不说这是什么地方，还有你要往哪里去，有什么事，我就不放你过去。"少年挣脱不开，只好说道："这个村子叫高老庄，我是庄主高太公的家人，名叫高才，现在要去寻找能够捉拿妖怪的法师。"悟空一听要捉妖怪，顿时来了精神，哈哈笑道："你真是好造化，好造化。快回去对你主人说，我们是东土大唐来的圣僧，往西天拜佛取经，专门降服妖怪的。"

少年半信半疑地将唐僧师徒带进了庄里，高太公听了他们的来由，便将二人迎接进门。原来，高太公有三个女儿，前两个女儿已经出嫁了，留下一个最小的女儿，叫翠兰，想招个上门女婿来支撑门户。三年前，来了一个汉子，模样还算标致，姓猪，上无父母，下无兄弟，自愿上门。三女儿对他也算满意，高太公就招他做了女婿。起初，这个女婿倒也勤快，耕田种地，收割庄稼，样样在行。可是后来不知怎的，他却变成了一个猪头模样的怪物，脑后还有一溜鬃毛；胃口也特别大，一顿饭要吃三五斗米；更可怕的是，他还会腾云驾雾，云来雾去，飞沙走石，吓得左邻右舍不得安生。这半年来，他竟然把小女儿锁在后院，根本见不着面，更不知死活。这才知道他是个妖怪，所以要请个法师来降服他。

悟空听了高太公的话，拍着胸脯说："老人家请放心，今天夜里我就替你拿住妖怪，教他还你女儿。"高老很高兴，问道："要什么兵器？多少人帮忙？圣僧只管吩咐。"悟空说："一个人也不要，只要把我师父照顾好就可以了。"

吃过斋饭以后，悟空跟着高太公来到后院。他用金箍棒撬开门上的锁，走进里面一看，黑洞洞的一片，便说："老高，你叫女儿一声，看她在不在里面。"高老壮着胆子叫了一声，翠兰一听是父亲的声音，跑了过来，应道："爹爹，我在这里哩。"父女二人忍不住抱在一起痛哭起来。悟空在旁边说："先别哭，我问你，妖怪在哪里？"翠兰说："我也不知道哪里去了。最近他听说爹爹要请法师捉拿他，每天天一亮就走，夜里才回来。这会儿应该快来了。"

悟空让高太公父女离开，自己摇身变成了翠兰的模样，守在房中，等那妖怪的到来。没过多久，外面一阵狂风刮来，半空中出现一个妖怪，果然长得极丑：黑脸短毛，长嘴大耳，穿着一件青不青、蓝不蓝的布袍，系着一条花布手巾。悟空见了，也不理他，睡在床上装病，嘴里哼个不停。那妖怪摸进房间，搂住悟空，就要亲嘴。悟空托住那妖怪的长嘴巴，用力一推，"扑"的一声把他推下床去。那妖怪爬起来，扶着床边问道："姐姐今天不高兴？"悟空说："今天我爹娘又隔着墙骂我，说我嫁了你这样一个丑八怪，既见不得亲戚，又不知道你是哪里人，姓什么，名什么，玷污了他的门风。还说请了法师来抓你。"那妖怪说："不怕，我有三十六般变化，又有九齿钉耙，就是把天神请来，也不能把我怎么样。"悟空说："我爹说请的是五百年前大闹天宫的齐天大圣，你不害怕吗?"那妖怪一听，倒吸了口凉气，说："要是孙悟空来了，我可斗不过他。我看我还是逃的好，我们做不成夫妻了。"

云南保山八戒寺内的壁画

传说当年八戒开怀畅饮，酒后法术失控，吓得高家老小魂不附体，为免生事端，猪八戒只好强带翠兰小姐到村后的小岭岗居住。同时靠耕种岗后山地为生，后来人们将猪八戒曾耕种过的地称为"八戒地"。

妖怪套上衣服，开了门，往外就跑。悟空从后面一把扯住他，把脸一抹，现出原形，喝道："妖怪，哪里跑，你看我是谁?"妖怪转过身来，一看是悟空，吓得手软脚麻，"哗啦"一声挣破了衣服，化作一阵狂风逃走了。悟空叫了声"哪里跑!"驾起云头,就追了上去。

悟空一直追到一座高山处,上面写着"福陵山云栈洞",那妖怪现出本相,钻进洞中,取出一柄九齿钉耙来战悟空。悟空喝道:"你是哪里来的妖怪,如何知道我老孙的名号。快快从实招来!"妖怪道:"好,我说!"原来,他本来是天上的天蓬元帅,在一次王母娘娘的蟠桃会上喝得酩酊大醉,闯进了广寒宫,见嫦娥长得十分美丽,就去调戏她。玉帝知道后,要依据天条将他处决,多亏太白金星求情才免于一死。玉帝将他重打了两千铜锤,并贬下凡间。没想到竟然投在个母猪胎里,就变成了猪的模样。

悟空这才明白过来。没想到那妖怪却破口大骂:"你这个弼马温,当年大闹天宫,不知道害了多少人,今天又来欺负我,就让你尝尝我的厉害,看耙!"于是,两个人在黑夜半山中开始厮杀,一直战到东方发白,那妖怪体力渐渐支撑不住,便化作狂风逃回洞中,再也不出来了。悟空没有办法,又怕师父担心,就先回去招呼了一下唐僧。然后又回到洞外,他举起金箍棒一阵猛打,把洞门打了个粉碎。那妖怪正在洞里呼呼大睡,听见门被打碎的声音,又听见悟空在骂他,气得拖着钉耙就跑了出来,然后举起钉耙就来打悟空。悟空站着动也不动,哈哈一笑道:"呆子,老孙的头就在这儿,随便你怎么打。"那妖怪举起钉耙用尽力气朝悟空的头耙过来,只见火光四溅,悟空的头皮却连红都不红,反倒把妖怪震得坐倒在地。他哼哈了几句,问悟空:"你这猴子,不是在花果山水帘洞吗,怎么跑到这儿来了?是不是我丈人把你请来的?"悟空说:"不是。是我要保护大唐三藏法师往西天取经，路过高老庄，高太公请我救他女儿，捉住你这呆子。"

不料，那妖怪一听到"取经"两个字，"哗啦"一声就丢下钉耙，拱手作揖，问道："那取经人在哪里？我受观音菩萨劝善，让我在这里等候取经人，将功折罪，还成正果。你快带我去见他。"悟空怀疑其中有诈，就让那妖怪对天发誓。妖怪真的跪倒在地，如同捣蒜一般磕了几个头，赌咒发了誓。悟空又叫他烧了这老窝，才带他去。那妖怪也二话不说，搬来一些芦苇荆棘，点起一把火，把这云栈洞烧得像个破瓦窑似的。悟空拿过他的钉耙，拔了一根毫毛变作一条麻绳，把妖怪的手反绑了，又揪住他的耳朵，驾云回到了高老庄。

那妖怪一看到唐僧，就走上前去，"扑通"一声跪在地下，一边磕头，一边喊"师父"。唐僧感到莫名其妙，妖怪就把菩萨劝善的事说了一遍。唐僧十分高兴，就让悟空给他松了绑，收他做了徒弟。妖怪又拜悟空称为师兄，并说菩萨为他起了法名叫猪悟能。唐僧听了，连声称好，说："师兄叫悟空，你叫悟能，正好。我再给你取个别名。既然你已经受了菩萨的戒行，断了五荤三素，就叫八戒吧。"那呆子欢欢喜喜地说道："谨遵师命。"

高太公看到八戒改邪归正，又拜唐僧为师，喜不自禁，当下就安排了素食宴席，酬谢唐僧。临别的时候，高老太还给八戒准备了衣服和鞋子等。八戒煞有介事地对着高老太作了一个揖，说道："丈人啊，你要好好儿照看我家娘子，如果取不成经，我还会还俗作你的女婿哩。"悟空在旁边听了，笑着骂道："呆子，别再胡说八道了，趁早赶路吧。"于是，悟空收拾了行李，让八戒担着，又扶着唐僧骑上白马，自己拿着金箍棒在前面开路。师徒三人辞别了高太公等人，向西而行。

【博闻馆】

猪八戒

猪八戒，法号悟能，是唐僧的二徒弟，原本是玉皇大帝的天蓬元帅，由于调戏嫦娥被逐出天界，到人间投胎，却又错投了猪胎，嘴脸长得与猪相似。他会变身术，能腾云驾雾，使用的兵器是九齿钉耙。

唐僧去西天取经的路上经过高老庄，当时猪八戒在高老庄做上门女婿，后来被孙悟空收服。唐僧收他为二徒弟以后，为了让他戒五荤三素，给他起了个别名叫"八戒"。所谓"八戒"，一戒杀生、二戒偷盗、三戒淫、四戒妄语、五戒饮酒、六戒着香华、七戒坐卧高广大床、八戒非时食。

八戒从此成为孙悟空的好帮手，一同保护唐僧去西天取经。取回真经后，猪八戒被封为净坛使者。

八戒性格温和，憨厚单纯，力气大，但又好吃懒做，爱占小便宜，贪图女色，经常被妖怪的美色所迷，难分敌我。他对师兄的话言听计从，对师父忠心耿耿，为唐僧西天取经立下汗马功劳，是个颇受人们喜爱的喜剧人物。

险走黄风岭

师徒三人自从离开高老庄，便披星戴月地赶路，转眼间又到了夏天。这天，三人来到一座高山前，悬崖峭壁，十分险峻。忽然一阵旋风刮来，八戒一把扯住悟空说："师兄，这风来得稀奇，咱们躲一躲吧。"悟空伸手抓了一把风，闻了一闻，叫道："不好！这风有腥味，不是天风，肯定是怪风。"话还没有说完，只听见一声狂啸，山坡下跳出一只斑斓猛虎。唐僧吓得翻下马背，跌倒在路旁。八戒慌忙丢下行李，举起钉耙，大喝一声："畜生，哪里走！"走上前去，劈头就打。

不料那老虎却直挺挺地站了起来，伸出前爪，扯住自己的胸口，往下一扒，"哗啦"一声就把皮剥了下来。然后张开血盆大口，露出白森森的牙齿说："我是黄风大王部下的前路虎先锋，今天奉命巡山，要捉几个凡人给大王当下酒菜。你们是哪里来的和尚，竟敢动兵器来伤我？"八戒骂道："你这瞎了眼的畜生，我们是东土大唐往西天取经的圣僧。你赶快让开大路，给我滚得远远的，别吓着了我师父。"那妖精没有答话，反而跳了过来，举起爪子就朝八戒的脸上抓来；八戒一闪，也举起钉耙迎了上去。那妖怪手无寸铁，转身就逃，跳到山坡下，取出两口赤铜刀，转身就来砍八戒。两个在山坡前，一来一往，厮杀了起来。

悟空搀起唐僧，看得手痒痒的，叫了一声："师父别怕，等我去助助八戒。"八戒看见师兄来了，更是精神抖擞，越战越勇。那妖怪打不过二人，败下阵去，便开始逃跑，又使了个"金蝉脱壳计"，扒下虎皮，盖在卧虎石上，真身却化作一阵狂风，到了路口，恰巧看见唐僧坐在那里念经，就一把拿住，驾起狂风走了。到了洞中，他双手擒着唐僧，献给洞主黄风大王，说："大王，小的在山上巡逻，遇到一个东土的唐僧，就拿了来给大王下酒。"那黄风大王听说唐僧的徒弟孙悟空神通广大，怕悟空找上门来，就吩咐小妖们先把唐僧绑在后园的定风桩上，等悟空不来找了，再慢慢享用。

卧虎石，位于安徽黄山松谷庵乌龙潭上方，细细观之，眼鼻须眉爪俱现，皆似真虎，故名。

再说悟空和八戒追下山坡，见那只猛虎趴着一动不动。悟空走上去就是一棒，不料却震得双手发麻，八戒又举起钉耙用力一耙，也被震得后退了几步。一看原来是一张虎皮盖在卧虎石上。悟空大叫一声："不好！中了这畜生的'金蝉脱壳计'！赶快回去看看师父！"两人急急忙忙赶回路口，哪里还有师父的影子。急得八戒牵着马团团转，边哭边叫道："天哪！这可怎么办呀！"悟空说："呆子，别哭！那妖怪逃不出这山中，我们赶快去找。"

两人终于在那石崖下面找到一座洞府，上面写着"黄风岭黄风洞"六个大字。悟空让八戒看守白马和行李，自己整了整衣服，提起金箍棒来到洞前，高声叫道："妖怪！快把我师父交出来！要不然我就掀翻了你的老窝！"门口的小妖赶忙进去通报，黄风怪一听就慌了神，倒是那虎先锋镇定地说："大王放心，我可以把那孙行者一同捉来。"黄风怪略感吃惊，说道："好！只要你捉住孙悟空，我就与你结拜为兄弟，一同享用唐僧肉。"

虎先锋点了50名精壮的小妖，摇旗擂鼓地来到洞口，悟空一见，走上前去就要打，虎先锋急忙抡起刀相迎。几个回合下来，那虎怪便招架不住了，可是又不敢进洞里去见洞主，只好往山坡上逃生，哪想到八戒恰好在那里放马。八戒一看，丢下缰绳，举起钉耙，朝着虎头一筑，可怜那虎先锋，头上顿时出现九个窟窿，鲜血直流，当场毙命。

悟空赶来，手里拖着死虎，又回到洞口。黄风怪坐在洞中，正眼巴巴地等着虎先锋把悟空捉回来，却听见小妖进来报告说虎先锋被打死了。黄风怪不由大怒，心想："我不曾吃了你师父，你却杀了我先锋，可恶！可恨！"随即拿起一杆三股钢叉，出了洞来。那妖怪提起手中的钢叉，对着悟空的胸脯刺了过来，悟空举起金箍棒相迎，两人在洞口斗了三十来个回合。悟空救师心切，便拔下一把毫毛，变出百十个小行者，一人一根金箍棒，把那妖怪团团围在中间。妖怪一看，也使出看家本领，他把嘴张了三张，往地上猛吹了一口气，刹那间，一阵黄风平地而起，只觉得天昏地暗。那群小行者被刮到半空中，一个个像纺锤似的乱转。悟空一见，慌忙把毫毛收起，独自举起金箍棒，照着妖怪打去。没想到，妖怪劈过脸来又吹了一口黄风，悟空的火眼金睛顿时痛得像被针刺了似的，怎么也睁不开，只得败下阵来。

八戒看到黄风大作，就伏在山坳里，不敢睁眼抬头。一会儿风定天晴，才看到悟空过来。八戒迎上去："哥哥，刚才好大一阵风啊！你从哪里来？"悟空揉着眼睛说："厉害！厉害！我老孙出世以来，还从来没有见过这样的妖风，这会儿我的眼珠还觉得酸疼，泪流不止。"二人看到天色已晚，就划算着先下山找户人家住一夜，明天一早再来救师父。

两人走下山坳，刚到路口，就听到山坡下有犬吠声，停住脚步一看，原来有一户人家。一个老汉出来开门，听说他们是东土大唐的取经人，就把他们迎了进去，又端上斋饭和茶水。吃过饭，悟空问道："老人家，这里有卖眼药的吗？"老汉问道："是哪位长老害病？"悟空就把他们的遭遇说了一遍。老汉瞪大眼睛，说道："那黄风怪的风啊，厉害得很，叫做'三昧神风'，它能刮得天地暗，鬼神愁，人命归天，你要是受了那风，还能活命？你这长老，不要说瞎话！"接着又说："前日，我遇到一位贵人，传给我一方'三花九子膏'，能治一切风眼，给你试试吧。"说完，就取出药来给悟空点上，又嘱咐他不要睁眼，安心睡觉，明天早晨就会好。

第二天天还没大亮，悟空就醒了，他抹抹脸，睁开眼睛，只觉得双眼比以前还要明亮。往四下一看，不觉大吃一惊：自己和八戒正躺在绿草地上，哪里还有什么房屋门窗！他推醒八戒，八戒也发现没了人家，咧着嘴巴埋怨道："这家人也真是，拆房子搬家了也不告诉我们一声，幸亏没有丢掉行李和白马。"悟空笑着说："呆子，不要乱说话，看那树上有张帖子。"两人走过去，揭下帖子一看，才知道昨晚的房屋和老人是菩萨派了护法伽蓝点化而成。

悟空想起师父还在洞中，吩咐八戒看好行李和白马，纵起云头，又来到黄风洞洞口。他念起咒语，变成一只花脚蚊虫，"嘤嘤嘤"地飞进洞中，来到后院，看到定风柱上绑的正是自己的师父，赶忙飞过去，落在他的头上，叫了声"师父！师父！"唐僧听出是悟空的声音，问道："悟空，你在哪里叫我？"悟空在唐僧身上盘旋了一阵，说："师父别怕，我在这儿呢，今天我一定捉住那妖精，救你出去。"说完，就飞到前厅去了。只听见小妖报告说，昨天那个毛脸的和尚不见了，只看见一个长嘴大耳朵的和尚。一个小头目说道："大王，如果他去搬来神兵，可怎么办呢？"妖怪哈哈大笑："怕什么神兵！除非把灵吉菩萨请来，否则谁也拿我没办法。"

悟空在房梁上把每句话都听得清清楚楚，不禁欢喜极了，急忙飞出妖洞，现出原形，纵起筋斗云，直往南边去了。不一会儿，就看见一座高山，祥云缭绕，山的深处有一座禅院，越往里走，越是香烟缥缈。听悟空说明来意，灵吉菩萨说："当时如来赐了我一颗定风丹和一柄飞龙宝杖，要我镇拿黄风怪，我念他罪不该死，就把他放回山去，要他好好修行。没想到他竟然想要加害你师父。这是我的过失呐。"说完，就跟悟空一起驾云来到了黄风山。

菩萨把一颗定风丹交给悟空，说："那妖怪有些怕我，你先去诱他出来。"悟空按落云头，在洞口外面一阵叫骂。那黄风怪立刻出来迎战，没几个回合，便又张开大口呼起风来。灵吉菩萨见了，在空中把飞龙宝杖扔了下来，刚落到半空，那柄杖就变成了一条八爪金龙，扑下来，一把抓住妖精，提起来甩了两下，摔在了山崖边，现出原形，原来是一只黄毛貂鼠。菩萨在空中叫道："悟空，妖精已除，快去洞中救你的师父。"

悟空又回去把八戒喊来，两人冲进洞里，打死了小妖怪们，救下了唐僧。三人稍微休整了一会儿，便上了大路，继续往西方去了。

【博闻馆】

灵吉菩萨

灵吉菩萨，《西游记》中八位菩萨之一。这八位菩萨分别是：观音菩萨、普贤菩萨、文殊菩萨、地藏王菩萨、弥勒菩萨、灵吉菩萨、日光菩萨、月光菩萨。

灵吉菩萨又称为得大势菩萨，或大势至菩萨。灵吉，在梵文中是普遍吉祥的意思。灵吉菩萨住在小须弥山，法力广大，手里使着飞龙宝杖，还有如来赐给的定风珠等宝贝。她曾多次帮助唐僧师徒在取经途中降服妖怪。

灵吉菩萨在中国民间的影响远远逊于观世音菩萨。她身放紫金色光，法相与装饰都同于观音菩萨。二者的主要区别是：灵吉菩萨头上的宝冠有定瓶作标志，而观音菩萨头上的宝冠则以一小化佛作标志；观音菩萨手里拿着金莲台，灵吉菩萨则是合掌的。

流沙河收徒

光阴流转，经历了炎炎的盛夏，转眼间又到了秋天。

这天，唐僧师徒三人正走着，忽然被一条大河拦住了去路。这条河水势浩淼，波涛汹涌，河面无边无际，足足有八百里宽。岸边有一块石碑，上面写着"流沙河"三个大字，下面还有四行小字：八百流沙界，三千弱水深。鹅毛飘不起，芦花定底沉。

师徒们正看着碑文，谁知道那河水不知怎的，陡然间翻滚起来，只听见一声巨响，从河中央钻出来一个硕大的妖怪。你猜这妖怪长什么模样？红头发，蓝面孔，两只铜铃似的眼睛就像两盏灯。更为可怕的是，他的脖颈上还悬挂着九个骷髅（kū lóu）串成的项链。那妖怪手里拿着一根宝杖，一阵旋风般跳上岸来，直奔唐僧而去。幸亏悟空眼疾手快，赶紧抱住师父，跑到高处去了。八戒一见，立刻放下担子，举起钉耙就和妖怪战在了一起，二人在流沙河边，你来我往，打得难解难分。悟空在

《西游记》里的流沙河位于新疆焉耆县开都河南岸，流沙河的奇异就在于沙随水动，水流沙流，这是大自然的造化，大自然让河水夹杂着细碎轻巧的浮沙，年年岁岁游动着，水与沙始终不分离。

高处见了，忍不住上前助阵。那妖怪看出孙悟空本领不赖，急忙转身，一头钻进河里去了。八戒气得埋怨悟空道："猴哥，谁让你来的！那妖怪已经支撑不住了，用不了三五个回合，我就能拿住他，这下可好了。"悟空却没事人似的说："不急！不急！"

两人当下商量好，决定由八戒入水，与那妖怪打斗，然后假装打不过妖怪，把妖怪引出水面，接着让悟空来对付他。那妖怪败阵回到水底，正在呼呼地喘着大气，忽然听到哗啦哗啦的水声，一看，发现是八戒赶来了，举起宝杖就打过去。两人在水底打了大半天，八戒见一时占不到什么便宜，只好照着计划好的，打几下，退几步，一直把那妖怪引出水面。悟空立在岸边，早已等得不耐烦了，还没等妖怪完全露出水面，就赶紧跳过去，举起金箍棒朝着妖怪劈头就打。妖怪连忙把头一偏，"嗖"的一声，又钻回河底去了。八戒一个劲儿地抱怨说："你这急猴子，我还没把他骗到岸上，你就打过来了。他这次进去，什么时候才能出来？真是白白辛苦了我老猪一趟。"悟空笑着说："呆子，别再啰里啰嗦了，我们先去见师父吧。"唐僧见天色已晚，就让他们明天再去捉拿妖怪。

第二天天蒙蒙亮，八戒又下河去引那妖怪，那妖怪正躺在水底做梦哩。他被水声吵醒，发现又是八戒来了，不得不拿起宝杖打了过去。两人在水里斗了三十来个回合，八戒又假装失败，一边拖着钉耙往岸上退，一边说："我昨天晚上没有睡好，真是便宜你了。"妖怪学聪明了，笑着说："你又想骗我上去，好让那帮手来捉我吧。要真有本事，就在河里跟我打上五百个回合！"

八戒见妖怪不再上当，只好先回到岸边，对悟空说："这妖怪学聪明了，不肯上岸，我跟他斗了那么久，也赢不了他。你说怎么办吧？我看这西天是去不了了。我还是回到高老庄，看我的娘子去吧！"悟空一把揪住八戒的耳朵，说："你这蠢货，再敢提起回到高老庄的话，我就打下你的下半段来。"唐僧看到二人拿那水怪没有办法，不觉皱起眉头，着急起来。悟空见了，安慰唐僧说："师父，你先别急。等我去南海走一趟，求求菩萨再说。"

悟空驾起云头，一会儿就到了南海普陀山，见了菩萨，说明了来意。菩萨告诉悟空，那妖怪原本是天宫里的卷帘大将，因为在王母娘娘的蟠桃会上打破了琉璃盏，玉皇大帝一怒之下要处决他，多亏赤脚大仙相救，才免了死罪，被贬下凡间。说完，又叫来徒弟惠岸，从袖中取出一个红葫芦，说："我已经将他劝化，让他保护唐僧去西天取经。你们只要在岸边叫声'沙悟净'，他就会出来了。"

惠岸拿着葫芦，和悟空来到流沙河边，对着水面高声叫道："沙悟净！沙悟净！取经人在此，快快上来拜见你师父！"那妖怪正躲在水底，忽然听到有人叫他的法名，又听到"取经人"几个字，立刻乖乖地从水里钻了出来，一看是惠岸，就上前施礼问道："取经人在哪里？"惠岸指着唐僧说："那岸边坐着的就是。"那妖怪一看，整了整衣服，飞快地跳上岸来，对着唐僧连连磕头："师父在上，弟子有眼无珠，多有冲撞，望师父恕罪。"唐僧问明了情况，扶起沙悟净，问道："你可有法名？"悟净答道："弟子承蒙菩萨教化，给我起了个法名，叫沙悟净。"唐僧见他行礼，正像个和尚，又给他起了个名字叫"沙和尚"，还叫沙僧。

沙僧又向悟空和八戒行礼，称他们为大师兄和二师兄。真是不打不相识，二人见到又多了一个师弟，都很高兴。

惠岸让沙僧摘下脖子上的骷髅项链，和菩萨给他的红葫芦捆在一起，做成一只法船。唐僧在上面坐下，八戒在左边扶着，沙僧在右边托着，悟空牵着白马，踩着云头在后面跟着，还有惠岸在头上护着，一行人安安稳稳地过了流沙河。

师徒四人抵达岸边，惠岸收起红葫芦，而那串骷髅却刹那间化作一阵风不见了踪影。唐僧拜谢了惠岸，又朝南边拜谢了观音菩萨，带着三个徒弟继续向西前行。

【博闻馆】

流沙河

流沙河，《西游记》里的流沙河位于焉耆（qí）县开都河南岸，这条河由于沙和尚的关系，在民间的知名度很高，一直保持着风光、神秘的地位。

流沙河最奇异的特点，在于沙随水动，水流沙流。这完全得益于大自然的造化，大自然让河水夹杂着细碎轻巧的浮沙，年年岁岁游动着，水与沙始终不分离。

如果流沙河上坐船游玩，那么一定要注意看船尾切开的一道线。从这条线隐约可以看见河水里的浮沙在游动。船速一快，水和沙就形成波涛；再开快些，水和沙甚至能喷溅起两米多高的浪花。水和沙的奇妙结合，让来这儿观看的人感受着河流的气势，神话的引力，还有细沙与水的浪漫、神奇。

戏弄猪八戒

唐僧师徒四人日夜兼程地向前赶路，这天，他们来到一处地方，只见青山绿水，亭台楼阁，景色十分迷人。眼看天色渐渐黑了下来，他们看见不远处的一簇树荫下现出几间房屋来，就走了过去。唐僧下了马，说道："这户人家不一般呢，你我都是出家人，还是避些嫌为好，等有人出来，再问问是否方便借宿。"

四人把行李放下，又栓好马，就在门口坐了下来，等候主人出来。可是等了好长一段时间，也没听到开门的声音。悟空性子急，就跳进围墙在院子里偷看，忽然听到后面有脚步声，走出一个中年妇人，大声问道："你是什么人，擅自闯入我一个寡妇家来。"悟空慌忙作揖，说："小僧是从东土大唐来的，要去西天取经，正好路过宝地。我们一共四个人，看到天色已晚，想要借宿一宿。"那妇人笑吟吟地说："可以，可以，把另外三位长老一齐请进来吧。"

师徒四人进了门，坐了下来，妇人又命丫鬟端上香茶，准备斋饭。只见一个小丫鬟托着一个金灿灿的盘子，分别倒入四个白玉盏里面，顿时茶香扑鼻，怡人心脾。唐僧问道："老菩萨，请问这是什么地方？"

妇人回答说："这里叫做西牛贺洲，我姓贾，夫家姓莫。我的丈夫早年去世，可怜我一个人守着千顷良田。现在膝下有三个女儿，都是如花的岁月。我们舍不得放弃田产，想要招人入赘，恰好今天四位长老来了，不知几位意下如何？”唐僧听了，慌了一慌，赶紧合掌闭目念道："阿弥陀佛！"

八戒在一旁听到有美女，又动了心思，悄悄拉了一下师父的袖子。妇人见了，趁热打铁说道："我今年三十六岁。大女儿叫真真，年芳二十；二女儿叫爱爱，十八岁；小女儿叫怜怜，十六岁。她们个个貌美如花，琴棋书画，样样儿拿得出手。我们家又有穿不完的绫罗绸缎，用不完的金银珠宝，长老们要是能留下来，保证你们一生荣华富贵，享用不尽。"

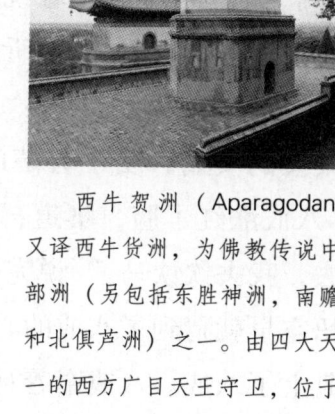

西牛贺洲（Aparagodaniya），又译西牛货洲，为佛教传说中四大部洲（另包括东胜神洲，南赡部洲和北俱芦洲）之一。由四大天王之一的西方广目天王守卫，位于须弥山西方，以牛、羊、摩尼宝作为货币而行买卖交易。其地形如满月，人面亦如满月，此洲有殊胜三事，即：多牛、多羊、多珠玉。

唐僧听了如坐针毡，已是大汗淋漓。八戒却是着急得不行，说："师父，小娘子说了半天，你怎么就是不表态呀？"唐僧睁开眼，抬起头，生气地说："我们出家人怎么能动富贵之心，美色之意？"妇人冷笑了一声："可怜可怜，何必这样苦着自己呢？"唐僧不再理睬她，又合掌闭目。妇人对着悟空说道："你留下，怎么样？"悟空连连摆手："使不得使不得，叫八戒留下吧。"八戒心痒痒的想留下，又怕脸上挂不住，就推脱道："哥哥，你别戏弄我了。"妇人又问沙僧，沙僧一口回绝道："我宁死也要跟随师父往西天去！"

　　妇人见四人都不肯留下，十分生气，将他们赶出了门外。四人在门外我看着你，你看着我，肚子已经饿得"咕咚咕咚"叫了。八戒埋怨说："师父把话说得这么绝。要是先答应着，吃上一顿饭，再睡上一晚，明天一早咱们直接走人不就行了吗？"悟空揶揄着说道："八戒，你大概又想起高老庄的媳妇儿了吧。"沙僧听了，问道："二师兄原本有嫂子么？"悟空来了劲儿，说："你不知道哩！他原本是高老庄高太公的女婿，受了菩萨的劝戒，迫不得已才做了和尚的。"八戒涨红了脸，嚷道："猴哥，你就会拿我开心！随你说去，我去饮饮马。"说完，就牵着马走了。

　　悟空早就猜到了八戒的心思，摇身一变，变成一只红蜻蜓，赶上了八戒。八戒牵着马，有水的地方，不停下来让马饮水；有草的地方，也不停下来叫马吃草，反倒径直走到了庭院的后门。恰巧那妇人带着三个女儿，正站在那儿赏菊花，看到八戒走了过来，三个女儿赶紧躲进了门内。妇人问道："长老，你上哪儿去？"八戒赶紧上前施礼，说："娘，我是来饮马的。刚才当着师父和师兄的面儿，我没好意思告诉娘我愿意留下来，就怕娘嫌弃我长得太难看了。"妇人说道："我倒不觉得，只是女儿们可能会嫌你长得不好。"八戒怕被拒绝，又继续说道："那还得麻烦娘去开导开导姑娘们。你不知道那唐僧虽然中看，却不中用；我虽然长得丑，却是家长里短样样在行。"妇人走到另一处，说："既然这样，那你回去把情况跟你师父说明一下吧。"八戒连连摆手："不用不用，他又不是我生身父母。等我把这马拉回去，就跟着娘进门。"

悟空把他俩的对话听了个一清二楚，便飞了回去，给唐僧和沙僧从头到尾描述了一遍。不一会儿，八戒牵着马回来了。这时，门也"吱呀"一声开了，妇人走了出来，对着另外三人说道："这位长老已经答应留下来了，不知你们几位……"悟空没等她说完，就拍着手说道："好！八戒，做哥哥的我来做个保人，沙僧做个媒人，你今天就拜了师父，进去做女婿吧。"然后一只手揪着八戒，一只手扯住妇人："亲家母，赶紧带着你女婿进门吧。"

唐僧三人跟着进去吃了斋饭，早早地就歇了。八戒跟着妇人来到了内堂，着急地问道："娘，你把哪个小娘子许配给我？"妇人为难地说："我也正犯愁呢，把大女儿配给你吧，担心二女儿不高兴；把二女儿配给你吧，担心小女儿不高兴；把小女儿配给你吧，又担心大女儿不高兴。"八戒一听，抢着说道："那就把三个女儿都配给我吧。"妇人生气地说："岂有此理，你一个人想占我三个女儿不成？"这样吧，我这儿有块手帕，你用来盖在头上，然后我叫三个女儿从你跟前走过，你伸手抓住哪个，就把哪个配给你。"八戒连声说："好！好！"

妇人把八戒的眼睛蒙住，叫了声："真真，爱爱，怜怜，配天地喽！"只听见一阵娇滴滴的声音飘入耳朵："来啦！"八戒听得笑语盈盈，铃铛响亮，此起彼伏，感到有众多女子在身边翩翩地来去。他伸出手去捉，捉了这边，撞到了墙上；又扑到那边，碰到了柱子上；这样东跌西撞，摔了个鼻青脸肿。他气喘吁吁，停下来说道："娘啊，这三个小娘子这么伶俐，我一个也捉不到，怎么办哪？"

妇人揭开蒙眼睛的布，说："这样的话，那我们换一种方式吧。我这三个女儿呀，心灵手巧，她们每人织了一件珍珠衫，你能穿上谁织的那件，就把她配给你吧。"八戒赶紧接过一件就往身上套，还没系上带子，就"噗通"一声，直挺挺地倒在地上。那珍珠衫瞬间变成了一条条绳索，紧紧地勒在八戒的身上，八戒越是挣扎，绳索勒得越紧越疼。而那妇人和女儿们早已不见了踪影。

第二天早上，唐僧三人醒来，睁开眼睛一看，哪里还有什么厅堂院落，三个人倒是睡在一片松林当中。正起身，忽然从树上飘下一张简帖，上面写着："菩萨来此考察，化成美女妇人。圣僧有德无欲，八戒切须改过！"原来是黎山老母、观音菩萨、普贤菩萨、文殊菩萨化成美女来试探他们师徒的。唐僧看了以后，连忙合掌行礼。

忽然，他们听见树林那边传来八戒的求救声，三人循声而去，只见八戒被紧绷绷地捆着吊在树上。悟空走上前去，笑着说："好女婿啊，你的娘子呢？你丈母娘呢？怎么现在还不来给我们谢亲，却在这儿打秋千玩呢？"说得八戒羞愧难当。沙僧见了，不忍心看下去，就动手帮八戒解了绳索。唐僧把那简帖递给八戒，八戒看了，更是惭愧不已，低下头，不好意思地说："我以后再也不敢了，一定一心一意跟随师父去西天取经。"唐僧原谅了他。

师徒四人牵了马，挑上行李，出了树林，上了大路，继续向西走去。

黎山老母

黎山老母，中国古代传说中的女仙名，有书记载说是女娲，也称作"骊（lí）山老母"和"无极老母"。我国民间历来就有祭祀老母的活动：农历正月二十，民间会制作面饼，据说是为了纪念老母炼石补天的大功；六月十三日，是骊山老母庙会，历时五天，每年这个时候，各地的香客和民众都会上山朝拜，祭祀这位功德无量的远古尊神。

现在，在陕西省临潼县城南的骊山西绣岭还有老母殿。这座殿坐北朝南，建筑分为前、后两院，前院有山门、前殿和配房，后院主要有大殿和左右道舍等。主殿老母殿内供奉着骊山老母的塑像，还藏着唐代所立《骊山老母授经碑》。殿外山峰秀丽，风景优美，是骊山风景名胜区内的重要古迹之一。

偷吃人参果

唐僧师徒一路西行，转眼间来到了万寿山。只见山上山花烂漫，燕舞莺飞，一路上，他们还没有见过这么风景秀丽的好山，心情十分愉快。

师徒四人放慢了脚步，欣赏着美景，不知不觉，来到一座道观前。只见门的左边有一块石碑，上面醒目地刻着"万寿山福地，五庄观洞天"十个大字。唐僧下了马，说道："徒弟，这是一座观宇，我们不妨进去看看。"四人进了大门，看到门上贴着一副对联："长生不老神仙府，与天同寿道人家。"正走着，只见里面急急忙忙迎出来两个童子，对着唐僧施礼说："老师父可是往西天取经的唐三藏？你们请里面坐。"

原来这五庄观的观长是位仙长，道号叫镇元子。这天，他接到元始天尊的请帖，就带着众徒弟去赴会，只留下两个最小的徒弟清风、明月看家。临走的时候，镇元大仙嘱咐他们说："这几天，我有个故人要路过这里，他是东土大唐去西天取经的唐三藏。你们好好地招待他，可以采两个人参果给他吃，但是不要让他的徒弟知道。"

说起来，这五庄观里的人参果可是难得的宝贝。这果树三千年才开一次花，三千年结一次果，再过上三千年果子才成熟，前前后后算上，大约要一万年才能结出三十个人参果来。这果子的外形活像一个婴儿，有手有脚，五官也是一样不缺。据说，谁如果能闻一闻这人参果，就可以活三百六十岁；要是吃上一个，那就能活四万七千岁。

清风、明月沏茶招待完唐僧师徒，就来到后院，一人拿了金击子，一人拿了丹盘。清风爬上树，用金击子敲果，明月在树下用丹盘接着。他们敲下来两个人参果，趁着悟空三人不在的时候，捧着端到唐僧面前，说："老师父，我们五庄观处在荒山野岭之中，没有什么好东西，特地献上两枚土产水果，请师父享用。"唐僧一看，顿时吓得战战兢兢，合掌道："善哉！善哉！这刚出生的婴儿怎么能吃？"明月连忙解释说："这不是婴儿，是观里的人参果，树上结的。""树上怎么会结出人一样的东西来？"唐僧摇着头，说什么也不肯吃。

清风、明月没有办法，只好端着人参果回到自己房间。这人参果不能久放，于是二人坐在床边，一人一颗，把两颗人参果给吃了。不料，八戒正好在窗外偷看到二人津津有味地吃着人参果，馋得口水直流。他赶紧找来悟空，说道："猴哥，这观里有样宝贝叫人参果，你知道吗？"悟空一听来了精神，他知道人参果是难得一遇的宝贝，吃了可以长生不老。八戒就把清风、明月二人吃人参果的事儿说了一遍，又央求道："好哥哥，你也去偷几个来，让我们兄弟尝尝鲜吧。"悟空可是采果子的行家，一会儿功夫就从园子里捧了三颗人参果回来。他们叫来沙和尚，三人一人一颗，吃了起来。

清风、明月很快就发现人参果少了几个，便来向唐僧问罪："好你个和尚，亏得我师父一片诚心待你。好好的人参果请你吃的时候你不吃，背地里却叫徒弟们偷着吃。"唐僧被骂得莫名其妙，把悟空三个叫了过来。悟空不想抵赖，就把偷吃人参果的事全说了。

清风、明月见悟空承认了，不依不饶地让悟空赔人参果，又指着他们"秃贼""贼和尚"地骂个不停，悟空哪里受过这样的气，他一气之下就想："干脆以后让大家都吃不成！"于是，拔了根毫毛变成个假悟空站着，自己却纵身飞到后园，举起金箍棒，照着人参果，乒乒乓乓一阵猛打，把人参果打个精光。然后还不解恨，又使出推山移岭的神力，把果树连根拔起。

悟空气消了以后，马上意识到闯了大祸，赶忙回去，拔了两根毫毛，变成瞌睡虫，飞进清风、明月的鼻孔。然后，带着唐僧他们连夜离开了万寿山。

再说那镇元大仙率领众弟子赴会归来，见观门大开，殿上香火全无，又见清风、明月二人还在沉睡，觉得十分纳闷。他命人取来冷水，才把二人弄醒。清风、明月一看是师父，你一言、我一语把事情的前前后后哭诉了一遍。镇元子一听仙树被推倒了，顿时火冒三丈，他驾起云头，就追了出去。

不一会儿，他就追上了唐僧师徒，指着悟空骂道："你这泼猴，偷吃我的人参果，还推倒我的仙树，今天，你不还我仙树，休想离开！"悟空知道跑不了了，就举起金箍棒，向镇元子打去。镇元子侧身躲过，然后不慌不忙，轻轻地把袖袍展开，使了个"袖里乾坤"的法术，"唰"的一下，就把唐僧师徒四人连同白马收进袖子里去了。

大仙回到五庄观，叫徒弟把唐僧师徒绑在柱子上，又拿来九龙七星鞭，说："先用我的鞭子打他们一顿，给我的人参果树出口气。"悟空慌忙说道："偷吃人参果的是我，推倒树的也是我，你就打我吧。""好！就先打你这猴子。"打完之后，镇元子又说："唐三藏没管教好徒弟，还得打他。"悟空一听，知道师父经不起折腾，马上说道："即使做师父的有错，徒弟也应该替他受罚，还是打我吧。"镇元子笑了笑："你这猴子，倒还有些孝心。"于是，悟空又挨了几十鞭子。

到了傍晚，镇元子走了，唐僧被绑了半天，很是难受，悟空安慰他说："师父别心急，再过一会儿，我们就可以悄悄溜走。"等到半夜，五庄观的人都睡熟了，悟空把身子一缩，从绳索里钻了出来，然后把其他三人的绳索松了，大家踮着脚溜出了观门。才了走几步，悟空又叫八戒找来四棵柳树，绑到观里那四根柱子上，叫了声"变"，四棵大树分别变成师徒四人的模样，更奇妙的是这下子柳树还会说话哩。

第二天，镇元子吩咐先打唐僧。清风举起鞭子，说："打你个唐三藏。"柳树说："打吧！"然后，清风又把八戒和沙僧各打了一遍；最后，还要来打悟空。悟空这会儿正在赶路，突然打了个寒噤，叫了声："不好！我本来以为他今天不会再打我了，我没注意打了个颤，就收了法。"悟空刚一收法，绑在柱子上的柳树马上现出了原形。镇元子这回是气上加气，冷笑了一声："好你个孙行者，这次一定不能饶你。"说着，又驾云往西追去。

镇元子把师徒几个又收进袖子里捉了回来。他命徒弟们架起油锅，下面堆上干柴，点着了火，不一会儿，火烧得愈来愈烈，油也开始翻滚了。镇元子吩咐道：

"先把这猴子扔到油锅里炸一炸。"两个道童过来抬悟空，却怎么也抬不动；又上来四个，还是抬不动；最后二十多个道童一齐用力，才把悟空扔进了油锅。只听见"砰"的一声，锅底被砸了个大窟窿，再一看，却发现一只石狮躺在地上。原来，是悟空使了法，把石狮替成了自己的模样。

镇元子被悟空接连耍弄了几次，再也忍不住了，把气撒到了唐僧身上，当下吩咐马上拿唐僧来煎炸。悟空一听，叫苦不迭，连忙过来请求镇元子，说："千万不要炸我师父，随便你把我炸成什么，我都不会再逃了。"镇元子看他对唐僧如此诚心，说道："要我饶你师父可以，只要你三天以内赔我的人参果树。"悟空一听，马上答应了下来。

悟空来到蓬莱仙岛，没想到，福、禄、寿三星都说他们没有医树的办法；又来到方丈仙山，可方丈仙山也救不了仙树……他几乎把仙山、仙岛访了个遍，也没找到救树的办法。无奈之下，只好请观音菩萨帮忙。菩萨见到悟空，责骂说："你也太大胆了！镇元大仙是地仙之祖，连我也让他三分，你竟敢去打伤他那棵仙树。"悟空低下头，说道："弟子不敢了。求菩萨想想办法，不然我师父就要被他油煎了。"菩萨只好答应跟悟空走一趟。悟空一听，心里一热，嘴角立刻咧成了月牙状。

菩萨驾起云头，来到五庄观，见了众人。她叫八戒和沙僧把人参果树扶正以后重新栽下，然后高举手中的净瓶，抽出杨柳枝，把甘露洒在人参果树上，并特意在树根处多洒了几滴。刹那间，人参果树真的复活了，一会儿就变得青枝绿叶，而那人参果也依旧高高地挂在树上。众人连忙谢过了菩萨。

"蓬莱仙岛"又称"蓬壶仙岛"。神话中渤海里仙人居住的三座神山之一（又称渤海三岛）。而如今被世人誉为"蓬莱仙岛"的其实是我国山东烟台的蓬莱市（半岛）。

镇元大仙看到人参果树又活了，十分高兴，又让弟子敲下几个果子，请大家品尝。唐僧知道了这是仙家宝贝，也大着胆子吃了一个。师徒四人在观中又留了一日，才告别大仙，离开了五庄观。

【博闻馆】

人参果

人参果，一种原产于我国武威（今甘肃省）地区的水果，具有强身健体的保健功效。《西游记》中提及了这种水果，并加入了神话色彩。

地球上的人参果多种多样：有树上长的，枝上结的，藤上挂的，土里生的；有种植多年后才能开花结果的，也有当年种植当年就结果的。

人参果的果实形状大多像心脏形和椭圆形，成熟的时候果皮呈金黄色，有的还带有紫色条纹。果肉清爽多汁，风味独特，有淡雅的清香。它具有高蛋白、低糖、低脂的特点，还富含维生素C，以及多种人体所必需的微量元素。因此人参果有抗癌、降血压、降血糖、消炎、补钙、美容等功能；还可以加工成果汁、饮料、罐头等产品，具有很大的开发价值。

三打白骨精

唐僧师徒继续赶路，正走着，又来到一座高山前，只见一片悬崖绝壁，下面是万丈深渊，让人倒吸一口气。唐僧说："这座山有些吓人，连白马的腿都打颤，你们要留神一点儿。"悟空答道："师父别怕，有我哩。"四个人在崎岖的小路上走了大半天，觉得又累又饿，唐僧就吩咐悟空去找点吃的东西来。悟空跳上云头，看到南面山上有一片树林，长着鲜红鲜红的果子，看上去像是桃子，就驾起筋斗云往南边摘果子去了。

常言道：险山恶水总有怪。这座山上也住着一个妖怪，叫做白骨精，专门吃人肉。这天，白骨精正驾着阴风在空中巡山，看见唐僧三人，还有一匹白马，仔细一看，把她高兴坏了："原来是唐僧呀，都说吃唐僧肉会长生不老，今天可让我碰上了。"白骨精想冲上去捉走唐僧，又想到八戒和沙僧在旁边保护，不敢贸然下手，只见她眼珠一转，想出了一个妙计。她摇身一变，变成一个貌美的农家少妇，右手拿着一个绿瓷瓶，左手提着一只青瓦罐，朝着唐僧走来。

八戒一看来了个女子，赶紧迎了过去，问道："女菩萨，你一个人到这深山野岭来干什么？手里提的又是什么东西？"白骨精赶忙装出很害怕的样子，说："你是谁？想干什么？我们家就住在这山里，我丈夫在那边耕地，我是来给他送饭的。"八戒本性好色，看她貌美，就殷勤地说道："别害怕！

我是东土大唐去西天取经的和尚，那边还有我的师父和师弟。你丈夫离这儿有多远？我可以帮你送过去。"白骨精一听，接过话头就说："长老，你们远道而来，要不这些东西就送给你们吃吧，都是斋饭。"

八戒十分高兴，把妖怪领到了唐僧面前。唐僧推辞说："我们要是吃了这饭，你丈夫就要饿肚子了，我们不能吃。"可八戒在一旁馋得控制不住，端起瓦罐就要开吃。这时，悟空摘了山桃回来了。他火眼金睛一看，便认出了那妇人是个妖怪，于是放下桃子，二话不说，举起金箍棒就朝妖精打去，白骨精也有些本事，使了个"解尸法"便逃走了，只留下一具假尸体让悟空打死在原地。

唐僧吓得一屁股坐在地上，说："你这猴头，怎么无缘无故伤人性命？"悟空解释说："师父，她是妖怪变的。不信你看，这瓦罐里装的是什么？"唐僧一看，发现是癞蛤蟆和青蛙一类的东西，才有些相信悟空的话。八戒却在一旁嚼舌根："师父别听哥哥狡辩，他打死了人，怕师父念紧箍咒，就变了这些脏东西来骗你。"唐僧一听，又相信了八戒的话，果然念起了紧箍咒。悟空痛得在地上直打滚，叫道："师父，别念了！有话好好说。"悟空答应唐僧不杀人了，唐僧才停了下来。

那白骨精对悟空恨得咬牙切齿，眼看着唐僧肉就快到嘴边了，不肯轻易放过。于是，又摇身一变，变成个老妇人，手里拄着拐杖，一步一哭地喊道："女儿呀，我的女儿，你在哪里呀？"八戒一看，叫道："师父，不好了，一定是哥哥打死的那个女人的娘来了。"悟空骂道："呆子，你别胡说!"悟空定睛一看，发现那老太婆又是妖怪变的，举起金箍棒又照着打过去，白骨精故伎重演，赶紧化作一阵风逃走了，只把老太婆的假尸体留在原地。

唐僧看到悟空在短短的时间内连伤两条人命，很是痛心，他把紧箍咒从头到尾念了二十遍，痛得悟空连哀求的力气也没有了。等唐僧停了下来，悟空赶紧分辩说："师父，你相信我，她真的是妖怪。"唐僧无论悟空怎么说，都不肯相信他，只是让他回花果山去。悟空没有办法，只得说："师父真不要我了，我也没有办法，只是还有一件事求师父。"八戒在一旁听了又挑拨说："师父，他是想和你分行李哩。"悟空气得暴跳起来，对着八戒骂道："你这个呆子，存心想挑拨离间是吧！"他转身对唐僧说："师父，求你给我念个'松箍咒'把我头上这紧箍咒给退下来吧。"唐僧答道："当初菩萨只教了我'紧箍咒'。"悟空又说："既然这样，师父还是让我跟着你去西天取经吧。"唐僧叹了口气，只好说道："我再饶你一次，你下次再也不能行凶伤人了。"

不料，那白骨精驾着阴风在空中，把这一切都看在眼里。心想唐僧两次因为悟空杀人，就要撵他回去，如果没有悟空保护，捉唐僧就轻而易举了。于是她又变成一个白胡子老头儿，一只手拄着拐杖，一只手掐着念珠，朝唐僧他们走来。八戒看到，又叫了起来："师父，不好啦！那边又来了一个老头，他准是为他女儿和老婆来了。"悟空喝道："呆子，你别胡说八道，让我去前面看看。"

悟空走了过去，一眼就看出那老头是妖怪变的，但为了麻痹妖怪，他故意把金箍棒放进耳朵，迎上去说："老公公，你这么大年纪，一个人到这荒山野岭来干什么？"白骨精一见是悟空，不禁有些纳闷：难道这猴子这回没有认出我来？随即故作镇定地说："我来寻找女儿和老伴儿的，她们白天来这儿给女婿送饭，现在也没回来，所以来找找。"悟空在心里琢磨着怎样才能彻底地打死这妖怪，否则又要白白地被师父念咒了。只见他悄悄地从耳朵里取出金箍棒，又暗自念动咒语，召来土地神和山神帮忙，让他们守住四方，以防妖怪化作狂风逃走。然后猛然喝道："妖怪，拿命来！"白骨精没反应过来，刚想使法，却被半空中的山神和土地神守住了，悟空一看，赶紧举起金箍棒，把妖怪打了个正着。

唐僧看见悟空又打死了一个人，吓得从马上跌落下来，正要念咒，悟空赶紧叫道："师父，别念。你过来看看这地上是什么？"唐僧低头一看，只见地上是一堆白骨，上面还有一行字：白骨夫人。这才又相信了悟空。哪知八戒又在一旁搬弄是非："师父，他是怕你念咒，这才把老头儿的尸体变成白骨来骗你的。"唐僧本来就耳根子软，这下又信了八戒的话，当真念起咒来。疼得悟空抱着脑袋恳求道："师父，别念了，别念了！"唐僧说："你这猴头，生性刁顽，积习难改，快给我走吧，回花果山水帘洞去吧。"

悟空心里委屈，但还是解释道："师父，这真的是存心要害你的妖怪，我打死了妖怪，你却相信那呆子的话。我回去不难，只是这去西天的路上不知道会遇到多少妖怪，我要是不在，谁替你打妖怪呢？再说，我头上的金箍儿怎么办？"

唐僧恼怒地说："没有你，还有八戒和沙僧。我就是被妖怪们捉去吃了，也不要你来操心。至于这金箍儿，我保证以后不念紧箍咒就行。你走吧!"接着还从包袱里取出纸和笔,立下字据,说:"猴头,以此为证,我们永不再见!"

悟空见师父主意已定,只好接过文书,说:"师父,我本来诚心诚意想送你去西天取经。现在师父让我走,俺老孙走就是了。"说完,对着唐僧拜了三拜,唐僧转过身去,不肯受拜。

悟空起来嘱咐沙僧说:"师弟,你是个厚道人,路上要好好保护师父。那八戒心胸狭窄,师弟不要盲从。要是遇到什么妖怪,你就说我老孙是师父的大徒弟,他们都知道我的本事,不敢轻易伤害师父。"

唐僧听了,丢下一句:"我是个善心和尚,不会提你这歹人的名字,你赶紧走!"悟空见师父依旧不肯回心转意,只好忍着委屈,含着眼泪,纵起筋斗云,回花果山去了。走到半路上又想起师父,不禁泪如泉涌,就停了下来,望着刚才的方向,过了半天才又驾云离去。

【博闻馆】

"白骨精"

"白骨精",最早出现于古典名著《西游记》中,是个非常著名的妖怪,在中国可以说是家喻户晓。她狡猾、擅长变化又通晓人类的弱点,变化的女子往往眉眼生动而又妖媚多娇。

白骨精是西天取经团队(师徒四人)会师后遇见的第一个妖怪,她的功力,属于比较弱的,即使面对猪八戒和沙和尚这两个实力一般的对手,也不敢公开叫阵,只是施美人计变成美女来下毒手。最后，又被孙悟空轻而易举打死而毫无还手之力。

"三打白骨精"这一短短的故事，淋漓尽致地表现出唐僧的迂腐无知、孙悟空的目光敏锐、猪八戒的私心欲望和白骨精的阴险害人，成为经典。

与白骨精有关的歇后语：

白骨精送饭——有野心；

白骨精遇上了孙悟空——原形毕露；

猪八戒战白骨精——太自不量力

冷水江波月洞，湖南著名景区之一，坐落在湖南省冷水江市大乘山底下，80年代拍摄的古典大戏《西游记》中的《三打白骨精》便是在这里拍摄而成。波月洞是一个世界熔岩博物馆，里面熔岩密布，石柱高耸，组成了各种美妙的景观：洞中有洞、厅中有厅、鬼斧神工、步步皆景。

智激美猴王

不一会儿，八戒就到了花果山。他远远地看见悟空正坐在高高的石崖上面，下面有一千多只猴子，正在井然有序地给他磕头，嘴里喊着："大圣爷爷万岁！"八戒心想："猴哥好享受！要是我老猪也有这么个山头，又有这么多人侍候着，我也不当和尚了，干嘛去受那种苦！"这呆子不敢光明正大地去见悟空，就溜到山凹里，混在猴子中间，也跟着磕头。

悟空早就注意到了八戒，故意喝道："小的们，混在队伍里的是谁？给我拿上来！"小猴们一听，立刻一窝蜂地围住八戒，把他抬到悟空面前，按倒在地上。悟空问道："你是哪里来的外人？"八戒抬起长嘴，往前一伸，说："不是外人，是熟人，是熟人。猴哥，我和你做了几年兄弟，你总还记得我的长嘴巴吧。"悟空一下被逗乐了，忍不住笑着说："猪八戒！哈哈！"八戒一听，马上爬了起来，连连点头："正是，正是猪八戒！""怎么，你跑到我花果山来干什么？难道你也被赶走了？"悟空问道。"不是的，不是的。是师父想你了，让我来请你回去哩。"八戒赶紧说。

悟空听了，略感吃惊，随即又说："师父怎么会请我回去？那天他说得那么绝情，就算他自己来请，我也不回去。"说完，跳下石崖，对八戒说："八戒，我带你到花果山山顶去看看风景吧。"八戒心里着急，又不敢实话实说，只好耗着时间，跟在悟空后面。二人上了山顶，只见满山遍野的鲜花果树，还有泉水"叮咚叮咚"地唱着歌，一派山水含笑，生机勃勃的景象。八戒看了，目瞪口呆，由衷地赞美道："猴哥，真不愧为天下第一山哪！"看完山景，悟空又要拉着八戒去水帘洞里看看，八戒心里担心师父，就坚决不去，说："不去了，我要再不回去，师父一定等急了。"悟空说："那我就不留你了，我们就此告别吧。"八戒还存着一线希望，问道："猴哥，你不去看看师父？""不去，我在这里舒舒服服，逍遥自在。你告诉唐僧，既然赶我走了，就别再想我。"

八戒听了，只好独自一个人往回走。他一边走，一边骂："好一个猴狲，不做和尚，倒要做妖怪。我好意来请，你还不回去。"悟空听到八戒嘀嘀咕咕在骂他，不禁生气了，于是叫猴子们把八戒捉了回来。悟空骂道："呆子，我好好招待你，你为什么要骂我？"八戒慌忙狡辩说没有骂他。悟空看他不承认，就对猴子们说："小的们，把大棍拿过来，先打他四十棍，再给他送行。"八戒吓得连忙磕头，说："师兄，我错了，我不该骂你。请你看在师父的面子上，原谅我吧。"悟空继续喝道："你老老实实地说，是不是师父被妖怪抓起来了，你才来这里骗我回去？"八戒这才一五一十地把唐僧变成虎精的事说了一遍。

悟空听了，说道："当初我离开的时候，不是叮嘱过你们么？如果碰到妖怪，就说孙悟空是他大徒弟，怎么全给忘了？"八戒一听这句话，突然有了主意，他想：请将不如激将，不如激他一激。于是假装欲言又止地说："猴哥，你不知道，那妖怪根本没把你放在眼里，我们一提起你的名字，他就哈哈大笑，说'什么齐天大圣，我才不怕呢，他要来了，我照样剥他的皮，抽他的筋，啃他的骨头。'"悟空听了，气得暴跳如雷："气死我也！竟敢这样骂我，这个仇我非报不可。走，我们快走！"

八戒心中十分得意，马上驾起云头，和悟空离开了花果山，来到了波月洞前，一路冲进了洞中，恰巧碰上百花公主正给沙僧松绑。沙僧一见到悟空，惊喜万分。悟空让八戒和沙僧赶紧去宝象国，把黄袍怪引回波月洞；又把百花公主藏了起来，自己摇身一变，变成了公主的模样，守在洞中，等候黄袍怪的到来。

西方白虎七宿奎木狼星君

　　黄袍怪正在宫里走着，忽然听见有人叫了声"黄袍怪"，抬头一看，只见八戒、沙僧在云头上吆喝，心里顿时纳闷：这沙和尚不是被绑在洞中么？怎么会在这里？于是火速回到了洞中。公主看到丈夫回来了，一下就哭得像个泪人儿似的，对着黄袍怪又是捶又是打："你怎么才回来？那猪八戒闯进洞里劫走了沙和尚，急得我的心口到现在还疼。"说完，赶紧捂住自己的胸口。黄袍怪一把抱住她，马上从口中吐出一粒鸡蛋大小的丹丸，说："夫人别急。这是我多年炼成的舍利子玲珑内丹，你只要把它放在心口上磨一磨，就会马上好起来的。"哪知公主接了过来，一口就把丹丸吞进了肚子里，又把脸一抹，现了本相，喝道："妖怪，你仔细看看，我是谁!"

　　黄袍怪见了，惊慌失措，叫道："夫人，你怎么变成了这副模样?"悟空听了，乐得哈哈大笑："妖怪，谁是你夫人？难道你不认得唐僧的大徒弟孙悟空么?"说着，抢起金箍棒就照着妖怪打了过去，两人从洞里打到洞外，又从山下打到山顶，依旧不分胜负。后来，那妖怪由于内丹被悟空偷吃，渐渐地有些体力不支，眼看就要招架不住了，就化作一阵青烟，顿时没了踪影。

　　悟空使不出办法，就来到天宫，想叫神仙帮忙，正巧听说二十八星宿中少了奎星奎木狼，一查，他已经偷偷下界十三天了。原来，天上一天，就是地上一年。玉帝立即命令押回奎木狼，罚他给太上老君烧火去了。

　　悟空见到玉帝处置了奎木狼，就离开天宫，回到波月洞，把百花公主送回了宝象国，又把唐僧变回了原来的模样。唐僧一看是悟空救了自己，十分感动，于是师徒二人重归于好。

【博闻馆】

二十八星宿

二十八星宿，我国古代天文学的重要主题之一，它把天空中可见的星星分成二十八组，叫做二十八宿，其中东西南北四方各七宿。东方青龙七宿是角、亢、氐（dī）、房、心、尾、箕；北方玄武七宿是斗、牛、女、虚、危、室、壁；西方白虎七宿是奎、娄、胃、昴（mǎo）、毕、觜（zī）、参（shēn）；南方朱雀七宿是井、鬼、柳、星、张、翼、轸（zhěn）。

居住在波月洞中的黄袍怪，原本是一匹狼，它修炼得道，就在天庭担任二十八星宿中的奎星一职，也就是奎木狼。

夺宝莲花洞

唐僧师徒四人离开宝象国，继续向西前行。这天，他们又走进一座险峻的大山中。这座山叫平顶山，山里有个莲花洞，洞里住着两个妖怪，号称金角大王和银角大王。他们听说唐僧肉吃了可以长生不老，就派人画了师徒四人的画像，交给了巡山的小妖，让他们不要轻易放过路过的和尚。

唐僧让八戒去巡山，哪知八戒又在草丛里睡起大觉来。正赶上银角大王带着小妖们在巡逻，撞见八戒在草地上呼呼大睡。他们对着画像一看，知道这长嘴大耳朵的正是唐僧的二徒弟猪八戒，就吆喝着把八戒绑了起来，押回洞中，丢进水池，准备用盐腌了吃。可怜的八戒，就这样被捉了起来。

莲花洞，属于龙门石窟景区，北魏孝昌年间（公元525—527年）所造，因窟顶刻有一朵巨大的莲花而得名。

金角大王说："兄弟，既然猪八戒到了我们的地盘，唐僧肯定也在这附近，你再去山上看看。"于是，银角又带了几十名小妖上山去了，专门等候唐僧的到来。

不一会儿，果然看见唐僧师徒过来了，银角正准备叫小妖一齐上去捉拿唐僧，看到悟空舞动着金箍棒在前面开路，心想：大家都说孙行者本领高强，看样子唐僧肉只能靠智取才能吃到。于是，他吩咐小妖们回到洞中，自己跳下山来，摇身一变，变成个跌断腿的老道士，躺在大路旁边，不断地呻吟着："救命啊！救命啊！"

唐僧心地善良，看到他痛苦万分，又折断了腿，就让悟空背着他走。悟空一眼就看出道士是妖怪变的，也不推辞，就背了妖怪，暗地里却寻思找个机会摔死他。可没想到，妖怪却早有盘算，他念动咒语，移来了须弥山、峨眉山、泰山这三座大山，前两座山分别压在悟空的左右肩膀上，悟空依然大步流星地走着，没想到泰山又照着悟空的头顶压来，他再也扛不住了，被压在了山底下。银角见悟空被压倒了，就驾起妖风，把唐僧和沙僧挟在腋下，捉回了洞中。

金角看到银角把唐僧和沙僧抓了回来，高兴万分，称赞道："兄弟好本事！一次捉了两个和尚。"可是他听说孙悟空还压在山底下，就有些担心，随即拿出"紫金红葫芦"和"羊脂玉净瓶"，吩咐精细鬼、伶俐虫两个小妖说："你们两个拿着这宝贝，到山顶上，把宝贝底朝天，口朝下，叫一声'孙行者'，他如果答应了，就会装进里面，你们便赶快回来复命。"

再说悟空被三座大山压住，动弹不得，他念动咒语，唤来了土地神和山神，他们一看压住的是悟空，吓了一跳，赶紧把山移回了原处。悟空跳起来，整了整衣服，告辞了土地神和山神，正要走，就看见两个小妖手里捧着瓶子和葫芦，兴冲冲地走了过来。悟空摇身一变，变成一个长胡子老道士，倚在路旁，专门等候那小妖。不一会儿，两个小妖到了跟前，悟空将金箍棒一伸，小妖绊了一跤，回过神来才看到悟空，就嚷道："你怎么睡在这里，绊我们一跤？"悟空说："我是蓬莱山来的。"小妖们一听，惊呼道："蓬莱山是神仙住的地方哩！"悟空摸了摸胡子，晃着脑袋说："我不是神仙的话，难道你们是神仙？"小妖们赶紧说："老神仙！我们肉眼不能识别，请老神仙不要见怪。"

悟空问道："你们俩要往哪儿去呢？"小妖就把去装孙悟空的事说了一遍。悟空连忙说："那孙悟空我见过，他本领很大哩，你们两个能拿得住他么？"两个小妖便把手中的两个宝贝炫耀了一番。悟空听了，心里暗暗吃惊，表面上却装成一副不屑的样子说："这有什么稀罕！我也让你们看看我的宝贝。"说着，悄悄地拔了一根毫毛，变成一个七尺寸长的紫金葫芦，说："你那葫芦能装人，我这葫芦啊，连天也装得下！不信，你们看。"

悟空悄悄念动咒语，请动了哪吒，他把葫芦往天上一抛，哪吒便展开一面黑色大旗，把日月星辰都遮住了。顿时，天地之间一片黑暗。两个小妖一见，尖叫起来："怎么大白天的黑成这个样子呢？神仙的葫芦果然厉害，求求你，快放了天吧。"天色恢复之后，小妖看着悟空手里的葫芦，心痒痒的，便提出用他们的宝贝换悟空的假葫芦，正中悟空的下怀。悟空把宝贝骗到手，就纵身溜走了。

两个小妖把假葫芦换到手，想自己试一试收天的本领，便学着悟空的样儿，把葫芦往上一抛，不料，那葫芦却"扑通"一下掉到了地上；又抛了一次，又掉到了地上；再抛一次，还是掉到了地上。这才明白过来上了当，吓得屁滚尿流地就往洞里报信去了。悟空在远处看着这一切，笑得心花怒放，也变成一只苍蝇，跟着他们进了莲花洞。两个妖怪听说悟空骗走了两件宝贝，气得暴跳如雷，发誓一定要把悟空捉来煮了吃。银角忽然说："哥哥，我们不是有五件宝贝么？去了两件，还有三件哩。要不现在就派人去压龙洞请老母来吃唐僧肉，顺便叫她把幌金绳带来。"金角点了点头，随即就派巴山虎和倚海龙去请老妖婆。

悟空在一旁听得一清二楚，又尾随两个小妖出了莲花洞，快到压龙洞的时候，他挥动金箍棒，把两个小妖打死了，然后又拔了根毫毛，吹了口气，叫声"变!"变成了倚海龙的模样，自己则变成了巴山虎，一起进了压龙洞。老妖婆听说两个儿子要其请她去吃唐僧肉，便高高兴兴地带上幌金绳，并吩咐小妖准备了一顶轿子，抬着她往莲花洞而去。刚走了一段路，悟空就现出本相，抢起金箍棒，一棒把老妖婆给打死了，拖出轿子一看，原来是只九尾狐狸。悟空得到了幌金绳，又拔下一根毫毛，变成巴山虎，和倚海龙一起抬着轿子，自己则变成老妖婆坐在里面，大摇大摆地进了莲花洞。

金角、银角都到洞口来迎接老妖婆，一路上一口一声"母亲"地叫着，悟空听了心中喜滋滋的。金角说："母亲，孩儿捉到了唐僧，今天特意请您来吃唐僧肉。"悟空点了点头，夸奖了一句金角、银角，接着一眼瞥见了吊在柱子上的八戒，就故意说："儿啊，唐僧肉我并不太想吃，倒是听说猪八戒的耳朵很好吃，去割下来给我下酒吧。"那呆子吊得高，在悟空弯腰还礼时发现了他的猴子尾巴，现在听悟空这么一说，就急了，赶紧嚷道："你这个弼马温，来这里就是为了割我的耳朵吗？"这下，金角、银角顿时起了警觉，悟空没有办法，只好现了原形。

金角一看，举起七星剑就来砍悟空，二人从洞内打到洞外，在半空中厮杀了几十个回合，悟空见短时间内不能取胜，便取出幌金绳，"唰"地一声抛过去，套住了金角的头。不料，那金角会念"松绳咒"，只见幌金绳突然反飞过来，把悟空给紧紧扣住了，怎么也挣脱不掉。悟空就这样被绳子捆住了手脚，动弹不了，被拉进洞中，绑在了柱子上。而那三样好不容易弄到手的宝贝也重新回到了魔头手中。

看到悟空也被绑了起来，八戒嘻嘻哈哈地说："猴哥，现在猪耳朵吃不成了吧。"悟空狠狠地喝道："你这呆子，就知道多嘴，谁让你露馅儿的？"他看到金角和银角在后堂喝酒，小妖们又在为吃唐僧肉准备着，就从耳朵里取出金箍棒，变成一根钢锉，一下就锯断了幌金绳；然后又拔了根毫毛变成自己的样子吊在那里。他的真身呢，摇身一变，变成了一个小妖，来到后堂，对金角说："大王，那孙行者拴在那里，不停地使劲挣扎，要是磨坏了幌金绳实在怪可惜的。我看不如换一根粗绳子吧。"金角随手就解下腰间的狮蛮带，递给了他。悟空变了根带子把假悟空绑住，把幌金绳藏在衣袖里，变了根假的幌金绳递给金角。那妖怪喝酒正起兴，丝毫没有怀疑，就收下了。

悟空得了幌金绳，悄悄地溜出洞去，自称是孙行者的兄弟"者行孙"，在洞外叫骂。银角拿着宝葫芦，朝他大喊一声："者行孙!"悟空心想这"者行孙"是假名,就答应了一声。谁知道话还没落音,就被吸进葫芦里去了。

银角拿着装了悟空的宝葫芦,兴冲冲地跑进洞去对金角说："哥哥,这者行孙应该已经化成水了!"边说边使劲地摇了摇葫芦,然后他小心翼翼地打开葫芦盖要金角看。悟空当年在太上老君的八卦炉里炼成了铜头铁背火眼金睛,这紫金葫芦还没那么容易让他化成水。就在银角揭盖的那一刻,他趁机变成只小飞虫,飞出了葫芦。那魔王以为除掉了者行孙,又开始举杯畅饮起来。悟空呢,则变成了一个小妖,站在一旁倒酒,眼看着他们喝得醉倒在桌上,他赶忙用假葫芦换下银角的真葫芦,又溜出了洞外。

小妖又进来报告说来了个什么"行者孙",银角想到有宝葫芦在手,雄赳赳地走出了洞门。悟空见了,纵起云头,把葫芦底儿朝天,口儿朝地,叫了声"银角大王",那银角没留神,答应了一声,就"嗖"地一下被装进了葫芦里。

那金角听说兄弟送了命,赶忙拿起另外两个宝贝——芭蕉扇和七星剑,来到洞外迎战。两人一个使剑,一个舞棒,斗了二十几个回合,也不见输赢。这时,金角取出芭蕉扇一扇,"呼啦"一声,地上顿时烧起一片大火,他又连续扇了几下,只见烈焰冲天,热浪袭来。悟空一看,连忙往莲花洞里奔去,一路上,把洞里的小妖们打了个遍。他正要去救唐僧他们,忽然瞥见玉净瓶放在石桌上,想过去拿了再走,才一转身就看见金角冲了过来。悟空没有办法,只好迎了上去,两人又一直战到了洞外,那妖怪渐渐地体力不支,便想逃跑,悟空急忙用玉净瓶对准他,叫了声"金角大王!"那妖怪没有提防，回头答应了一声，立刻被吸进了玉净瓶。

悟空回到莲花洞中，救出了唐僧三人，他们在洞中住了一晚，第二天一早，正准备上路，太上老君来了。老君要悟空把宝贝还给他，原来，这葫芦是老君盛丹的，玉净瓶是他装水的，芭蕉扇是他扇火的，宝剑是他炼魔的，绳子是他勒袍用的腰带；金角和银角是他看守炉子的两个童子。悟空一听，连忙把宝贝还给了老君，老君谢过悟空，踏着霞光回天上去了。

师徒四人又继续向西方赶路。

【博闻馆】

太上老君

太上老君，道教的最高神仙。在《西游记》中，他是一个息事宁人，轻易不与人争斗的老好人。他住在兜率宫炼金丹，常常骑着青牛，有个法宝叫金钢琢，非常厉害，在捉拿大闹天宫的孙悟空时，曾立下汗马功劳。

他的原型老子是先秦最著名的思想家之一，老庄学派的开创人，被奉为道教的鼻祖。汉代之前，老子还只是以思想家的身份出现；到了东汉，他就开始被神圣化了。东汉一个叫张陵的人创立了五斗米道，为了与佛教对抗，便抬出老子是祖师的说法，并且尊称老子为太上老君，后来又称之为"太上道德天尊"。可以说，在中国信仰里，由历史人物演变而来的神明，最为显明的就要数这位太上老君了。

除妖乌鸡国

师徒四人翻过平顶山，没过多长时间，又来到一座山前，山里面有一座寺院，门上有五个大字："敕赐宝林寺。"他们准备在寺内投宿，就走了进去。

吃过斋饭，唐僧让徒弟们先去休息，自己铺开经文，在灯下认真地诵读，到了三更时分，他感到上下眼皮不住地打架，就伏在桌子上打起盹来。忽然，一阵风吹过，他听到有人在身后喊："师父！"于是抬起头来，看到门外站着一个人，全身湿漉漉的。唐僧这一路上被妖魔鬼怪吓破了胆，以为这又是一个什么妖怪，连忙抬起手来用袖子遮住了眼睛。那人说："师父，你不用怕，我不是妖怪！"接着就含泪对唐僧诉说了身世。

原来，他是附近乌鸡国的国王。五年前，乌鸡国发生了旱灾，庄稼颗粒无收，百姓饿殍（piǎo）遍野。就在群臣官吏都束手无策的时候，忽然来了一个道人，自称是从钟南山来的，能够呼风唤雨。国王请他登上祈雨坛祈雨，只见顷刻间就下起了倾盆大雨，乌鸡国得救了。国王为了感谢他，就与他结拜为兄弟，并把他留在宫中同吃同住。一晃就过去了两年，一天，国王和道人在御花园散心，走到八角琉璃井边的时候，那道人突然往井里扔了一个东西，井口顿时射出了万道金光，国王心生好奇，往井里探头细看，却被道人一把推进了井里。接着，道人摇身一变，变成了国王的模样，他用石板盖住井口，铺上泥土，又移来一棵芭蕉树种在上面。

唐僧听了，顿时毛骨悚然。那人又说："师父，听说你是去西天取经的大唐和尚，手下有个徒弟是齐天大圣，一路斩妖除魔，所以一阵神风特意将我送到这里。求求师父帮我去乌鸡国捉拿妖怪，我一定感激不尽。"那人声泪俱下，临走时还留下一块白玉圭，说可以作为信物。唐僧惊醒过来，才发现原来是一场梦。

圭（guī）是中国古代在祭祀、宴飨、丧葬以及征伐等活动中使用的器具，其使用的规格有严格的等级限制，用以表明使用者的地位、身份、权力。

唐僧心里害怕，慌忙叫醒了悟空，把刚才的梦详细地说了一遍，悟空出门一看，只见月光静静地泻下来，门口的台阶上果然有一块镶金的白玉圭。悟空说："师父，看来梦中的事都是真的，他托梦给你，我们就帮他遂了心愿吧。"接着悟空把自己的主意说了一遍，唐僧听了连连点头。

于是，悟空来到八戒床边，连叫了几声也没有把他叫醒，就揪住他的耳朵，说："八戒，听说这附近乌鸡国的御花园里有一件稀世珍宝，我们去把它盗来，得到以后，宝贝归你，怎么样？"八戒听了，马上来了兴趣，一骨碌就爬起来，跟着悟空出了宝林寺。

两人纵起云头，来到乌鸡国的御花园，转了半圈，果然发现了一棵芭蕉树。悟空说："八戒，宝贝就在芭蕉树下埋着呢，赶紧动手吧！"八戒乖乖地把钉耙一挥，立马就筑倒了芭蕉，然后又用他的长嘴拱了拱地，大概到了三四尺深的时候，露出来一块石板。八戒高兴地说："看样子真是有好宝贝呢，还用石板盖着。"于是，二话不说，就揭开了石板，一看，原来是一口水井，月光照着水面，一阵清辉荡漾开来。八戒傻了眼，说："要是早知道宝贝在水底就好了，现在手里没有绳子，怎么下去？"悟空说："这个我有办法。"说着，取出金箍棒，往两端一扯，顿时长了八九丈，然后又让八戒抱着其中的一端，把他放下井去。

井下哪有什么宝贝？八戒在水底找了一遍又一遍，只看到了一具死人的尸体，八戒大呼上当，连忙蹿出水面，喊道："猴哥，你从哪儿听来的消息，根本没有什么宝贝，只有一具尸体。"悟空说："呆子，那就是宝贝，你快背上来，背上来你就什么宝贝都有了。"八戒嘟了嘟嘴，说："不背，背一个死人，多晦气。"悟空只好吓唬说："你不背上来，我就打你二十棒。"八戒一想，那还是背吧。于是，一个猛子又扎了下去，气呼呼地把尸体背在背上，出了井口。

八戒心中憋着气，到了宝林寺，他把尸体放在禅房外边，大叫道："师父，我把猴哥的外公驮回来了，你快来看看。"悟空骂道："呆子，你别胡说，我哪来的外公。"两人正斗着嘴，唐僧出来了，他看到国王容颜依旧，心中一阵悲悯，就掉下泪来，说道："悟空，你有没有办法把他救活？"悟空想了想，说："那我去找太上老君试一试，问他要一粒九转还魂丹吧。"

悟空一个筋斗云翻到南天门，直奔兜率宫。太上老君恰好在炼丹，听说悟空要借还魂丹，起初不想给他，后来经不起悟空软磨硬泡，又想到金角、银角的事还欠悟空一个人情，就给了他一粒。国王服了还魂丹之后，真的复活了。他睁开眼，起身对唐僧叫了声"师父！"就跪了下来。唐僧慌忙扶起了他。

第二天一早，国王打扮成僧人的模样，跟着师徒四人来到乌鸡国。那假国王正在上早朝，盘问道："和尚从哪里来？"唐僧走上前去，说："我们是东土大唐去西天取经的和尚，今天特地来倒换通关文牒。"假国王又问道："你不是只有三个徒弟吗？怎么多出来了一个？"悟空在一旁冷笑道："你当真不认识吗？他就是三年前被你推下琉璃井的国王。"假国王一听慌了神，生怕事情败露，便下令将唐僧几个拿下，哪知悟空使了个定身法，将那些将军、士兵全给定在原地动弹不了。妖怪一看，急忙抽了身边将军的宝刀，驾起云头逃跑了。

悟空也驾起云头，看见妖怪正朝东北方向逃跑，连忙追了上去，大喝一声："妖怪，哪里跑！"妖怪回头骂道："多管闲事的猴头，我占了别人的皇位，跟你有什么关系！"悟空笑道："大胆妖怪，少啰嗦，先吃我一棒。"那妖怪赶紧举刀相迎。几个回合下来，妖怪就知道自己不是悟空的对手，眼看一时半会儿也跑不了，于是心生一条妙计。他急忙跳回城里，奔到皇宫，摇身一变，变成唐僧的模样，皇宫中顿时出现两个一模一样的唐僧。悟空赶上去就要打，唐僧叫道："徒弟不要打！"悟空又要打另一个，结果那个唐僧也叫道："徒弟别打！是我！"

这可难倒了悟空，他分辨不出哪个是真的，哪个是假的，只好停了下来，问八戒和沙僧："你们知道哪一个是真的师父吗？"八戒"嘿嘿"地笑着，说："猴哥，从现在开始，你就忍着点疼，叫师父念紧箍咒，我和沙僧一人负责听一个，哪个不会念的就是妖怪。"悟空无奈地说："只好这样了，师父念咒吧。"真唐僧一听，赶紧念了起来，八戒一听，指着另一个大叫："那准是妖怪！"那魔王一看，急忙驾起云头就跑，悟空三人一路追了上去，左右夹攻。

眼看悟空就要得手了，忽然听到有人高喊："孙悟空，先别动手。"一看，是文殊菩萨来了。菩萨从袖子中取出照妖镜，喝道："畜牲，还不快快归正！"原来那妖怪是文殊菩萨的坐骑青毛狮子。菩萨用莲花罩罩住青毛狮，骑着它，辞别了悟空几人。

乌鸡国的国王重新回到了王位，他对唐僧师徒感激不尽，立刻大摆筵席表示答谢，还命画师画下四个人的画像，供在金銮殿上供子子孙孙瞻仰。临别之际，又带着文武大臣，把唐僧四人一直送出城外。

【博闻馆】

文殊菩萨

文殊菩萨，佛教四大菩萨之一，代表聪明智慧，是除观世音菩萨以外最受尊崇的大菩萨。因为德才超群，居菩萨之首，又称为法王子。文殊在梵语中的意思是美妙、雅致、可爱。

文殊菩萨，身紫金色，形如童子，五髻冠其顶，左手持青莲花，右手执宝剑，常常骑着青毛狮子出入，既年青又威猛。

文殊菩萨是无上智慧的化身，提醒人们无论你想要建立功勋，造福社会，还是做一个平平凡凡、堂堂正正的人，都应该努力追求智慧。因为一个有智慧的人，必然明白事理，知因识果，辨别是非，进而去认识人生的意义与价值。

大战红孩儿

师徒四人告别乌鸡国，走了将近一个月，又来到一座大山前，他们正准备翻山越岭，忽然看到山坳里升起一朵红云，一直冲向空中，然后聚积成一团红红的火气。唐僧吃了一惊，慌忙下了马，八戒和沙僧则一齐拿出武器，把唐僧护在中间。没过多久，红光渐渐散尽，火气也消失了，四人便继续上路。刚走一会儿，就听到有人在大声喊"救命啊！救命啊！"唐僧听了，又起了慈悲之心，说："徒弟，一定是有人遇难了，我们去看看吧。"悟空赶紧阻止，说："师父，你别多管闲事，这荒山野岭的，多半又是哪个妖精在骗人哩。"说完，牵着马就往前走。

走了不到一里地，那声音更加清晰了。只听见"师父，救命啊！"唐僧抬头一看，发现是一个七八岁的小孩儿，浑身赤条条地吊在树上，看上去十分可怜，便问道："你是谁家的孩子，为什么会被吊在这里呢？"那小孩儿回答说："强盗把我家里洗劫一空，掳走了我父母，把我吊在树上，想将我冻死饿死。求求师父，快救救我吧。"唐僧信以为真，不顾悟空的阻挠，让悟空背着他，送他回家。

悟空早就看出他是一个妖怪，但不想惹唐僧生气，只好背起了他，心想：竟敢在俺老孙面前耍手段，看我不摔死你。没想到妖怪发现悟空不相信他，早有了准备。他往四下里吸了一口气，吹在悟空的背上。悟空顿时觉得背上有千斤重，便笑着说："我的乖儿子，你变了什么手段来压爷爷我呢？"妖怪一听，怕悟空对他动手，就使了法，只留个假身在悟空背上，真身却跳到了空中。果然，悟空走了两步，一侧身，就将背上妖怪的假身往路边石头上一摔，完了还想上前用棍子打。那妖怪趁机刮起了一股旋风，乘着风势把唐僧抓走了。

悟空见突然起了妖风，知道不好，急忙赶上前去找唐僧，谁知道只见八戒、沙僧面带愁苦的神情，唐僧却不知去向。三人在山里转了半天也没找到师父。悟空心里一着急，就舞动金箍棒，噼里啪啦，乱打一气，结果把土地神和山神给打了出来。他们告诉悟空，这山叫做六百里钻头号山，山上有一个枯松涧，涧里有一个火云洞。洞里住的妖怪是牛魔王和铁扇公主罗刹女的儿子，乳名红孩儿，自号圣婴大王。他在火焰山修炼了三百年，炼成了三昧真火，本事很大。

悟空一听是牛魔王的儿子，一下子就笑了，对八戒和沙僧说："这下不用发愁了，五百年前，我和牛魔王曾结拜为兄弟，说起来，这妖怪还和我沾亲带故哩。"三人都认为凭着这层关系，要回师父应该不成问题，于是一起来到火云洞。

那红孩儿捉了唐僧，正准备放在蒸笼里蒸熟了吃，却听小妖说悟空在洞外要人。他当下系了一条锦绣战裙，手里握着一杆丈八长的火尖枪，赤着脚走了出来，身边还跟着金、木、水、火、土五辆小车。悟空瞧这架势，笑着说："贤侄，快把我师父送出来。"红孩儿听了，以为悟空在戏弄他，抢白道："你一个猴子，谁是你贤侄。"悟空好言好语地说：

"贤侄你不知道，五百年前，我曾经和令尊牛魔王结拜为兄弟，那时候你还没有出世呢。"红孩儿可不管这么多，举起火尖枪就来打，悟空没有办法，只好迎战，两人就在洞外打了起来。八戒一看，也举起钉耙，朝着红孩儿劈头一筑。妖怪没有提防八戒，硬生生地被筑了一下，赶紧拖着枪败下阵来。

观音座前善财童子红孩儿

悟空和八戒紧紧地追到洞口，只见那妖怪站在一辆小车上，一只手往自己的鼻子上捶了两下，顿时，一阵浓烟从他鼻子里冒了出来，接着口中又喷出一阵大火。那红红的焰火越烧越旺，一片烟火弥漫。八戒一看，转身就逃。悟空却念起避火诀，闯进了火中。虽然悟空的火眼金睛在太上老君的八卦炉里炼过，不怕火，却怕烟熏，红孩儿见悟空过来，又喷了几口大火，烟势也越来越浓，悟空觉得眼睛受不了，赶紧抽身跳了出来。

师兄弟三人聚在一起商量，决定用水来灭火，悟空便去海中请来了四海龙王。悟空叫他们先停在空中，等妖怪喷火的时候，再用水来浇火。于是又来到火云洞前叫战，红孩儿同上次一样迎出洞来，对着悟空又喷起了大火和浓烟。龙王一见，赶紧朝着大火喷下雨来。谁知道龙王的水只能对付凡火，碰上红孩儿的"三昧真火"反而像火上浇油，越浇越旺。悟空不甘心，又钻进火中，想伺机偷袭红孩儿，红孩儿做足准备，朝悟空猛吐了一口烟，熏得悟空一阵目眩，跌进了洞中，被冷水一激，火气攻心，昏倒在了水中。

四海龙王在天上见了，忙叫八戒和沙僧去救他们师兄。两人救起悟空，又推拿按摩了半天，悟空才醒过来。悟空想去请观音菩萨来帮忙，无奈浑身疼痛，又受了伤，驾不起筋斗云，就让八戒去请。八戒驾起云头，没走多远，忽然看见菩萨就坐在前面，心里一阵兴奋，连忙过去磕头，求菩萨救师父一命。菩萨说："你起来吧，跟我去洞里，要回你的师父。"呆子立刻欢欢喜喜地跟着菩萨来到火云洞。没想到刚走进洞门，就听见一群小妖跳了出来，一阵呐喊，把八戒给捉了起来，高高吊起。原来，那菩萨是红孩儿假扮的，他看见八戒独自朝着南方奔去，料到是去请观音菩萨，就设下圈套来骗八戒。

悟空和沙僧正坐着，忽然迎面又刮来一阵妖风。悟空心想：不好，八戒可能碰上妖怪了。于是变成一只苍蝇，飞进火云洞打探消息，只见八戒被吊在梁上，乱哼哼个不停。又听见红孩儿在那里吩咐六个小妖，让他们马上动身，去请老大王来一同吃唐僧肉。悟空心想：这老大王不就是牛魔王吗？不如我先变作牛魔王，骗他一次。于是连忙飞出洞去，又往前飞了飞，变成牛魔王的模样，装作打猎的样子，等着小妖的到来。

六个小妖眉飞色舞地谈着唐僧肉走来，忽然看见牛魔王，赶忙跪下磕头，说圣婴大王派他们来请他一起去吃唐僧肉。于是，悟空大摇大摆地跟着他们来到了火云洞。红孩儿领着小妖，摆开队伍来迎接悟空变的牛魔王，一路把悟空迎到大厅当中坐下，"父王"长、"父王"短地禀报着，悟空也一个劲儿地叫他"我的儿"。红孩儿当下便传令将唐僧蒸了吃，悟空一听忙说："儿啊，今天是我斋戒的日子，唐僧肉改天再吃吧。"红孩儿一听，顿时起了疑心：父王平时吃生人都不忌讳，怎么一段时间不见，突然吃起素来了。他走了出去，从小妖那里问到老大王是从半路请来的，心中便明白了几分。

他试探悟空说："父王，前些日子孩儿碰到张天师，他要替孩儿算命，可惜我不记得自己的生辰八字，父王您跟我说一下吧。"悟空回答不上来，只好撒谎说："儿啊，我年事已高，记不清了，等回去问你母亲再告诉你。"红孩儿一听，喝道："岂有此理！果然是个假的。"说着，举枪便刺了过去。悟空连忙现了本相，哈哈大笑："好乖乖，你好不懂事，哪有儿子打老子的？"说着，化作一道金光，溜出洞去了。

悟空一路喜形于色，心情一畅快，伤势也好了，于是决定去南海请观音菩萨。菩萨听说那妖怪竟然敢变成自己的模样，不由得生起气来，便答应悟空来到了火云洞。

悟空在洞口叫了一阵，红孩儿立刻怒气冲冲地出来应战。悟空假装打不过，回头就走。红孩儿紧追不舍，却看到前面观音菩萨坐在莲台上。他胆大包天，竟然举起尖枪朝着菩萨刺去，菩萨化作一道金光，升到了空中。红孩儿心想：这菩萨也没两下子，没跟我交手就吓得没了踪影，连莲台也不要了。然后，忍不住便学着菩萨的样子，盘腿合掌坐在莲台的中央。菩萨在空中看了，叫了一声："退！"顿时，那莲台的祥光顷刻间就消失了，瓣瓣莲花变成了三十六把天罡尖刀，扎得红孩儿疼痛难忍，动一下就皮开肉绽，只好苦苦哀求："菩萨，弟子有眼无珠，冒犯了您。求求您饶命吧，我情愿皈依佛门。"

观音便退了天罡尖刀，那红孩儿见浑身又好好的，于是野性不改，举起尖枪又向菩萨刺来。菩萨从袖中取出一个金箍儿来，随手一晃，就变成五个，然后对着红孩儿身上一抛，叫声"着！"只见五个金箍儿分别套在了红孩儿的头上、两个手上和两只脚上。菩萨口中念起咒语，金箍儿勒得越来越紧，痛得红孩儿满地打滚。悟空见了，幸灾乐祸："好乖乖，菩萨担心你长不大，特意赏你个金项圈呢。"红孩儿见菩萨停止了念咒，便拿起尖枪，朝悟空刺了过去。菩萨又将杨柳枝蘸了点甘露，洒在他身上，叫了声"合！"红孩儿的双手立刻便合掌在胸口，再也放不开来。观音说："你野性未改，必须一步一拜到落伽山，直到灭了野性为止。到时候收你做个善财童子如何？"红孩儿不得不倒地跪拜。

悟空见势，连忙找到沙僧，两人冲进了火云洞，救出师父和八戒。唐僧听说这次又多亏观音菩萨搭救，连忙朝着南方施礼。悟空却开着玩笑说："其实菩萨也没白跑一趟，要是没有我们，他上哪儿去收这么个善财童子哩。"

【博闻馆】

牛魔王

牛魔王，翠云山和积雷山的主人，妻子是铁扇公主，二人的儿子就是红孩儿。他号称"大力牛魔王"，又自号为平天大圣（为七大圣之首）。孙悟空在花果山当大王时，从龙宫夺了金箍棒以后，就和牛魔王结拜为兄弟，牛魔王为兄，孙悟空为弟。他也会七十二变，武艺与孙悟空不相上下，常常手使一根混铁棍，坐骑为辟水金睛兽。

"牛魔王"这一称呼与印度人的信仰有关，印度人把牛看作是最神圣不可侵犯的动物。早期的印度人，身边常常带有很多以牛为标志的饰物，有的还整天戴着个牛形面具，渐渐地以讹（é）传讹，后来就被传成"牛魔王"了。

车迟国斗法

唐僧师徒一路西行，过了黑水河，到了车迟国地界。刚走近城墙，就听见吆喝声不断地传来。悟空跳到空中一看，只见一群衣衫褴褛的和尚正吃力地喊着号子，拉车背砖、运送砖瓦材料，一个个疲惫不堪。当中有三五个道士格外显眼，他们手里拿着皮鞭，抽打并痛骂着和尚，不许他们偷懒。

悟空不明白怎么回事，就变成一个云游四方的道士，走去打听情况。原来，二十多年前，车迟国遭遇大旱灾，和尚们终日拜佛念经，却始终没有求到一滴雨水。后来来了三个老道士，自称是虎力大仙、鹿力大仙和羊力大仙，他们本事很大，会呼风唤雨，终于使天降甘霖，拯救了黎民百姓。从此以后，国王立刻封三位大仙为国师，留他们长年住在三清观里，还在全国上下推崇道术，破坏佛门，强行拆除寺庙，并罚和尚给道士做苦工。

悟空回来把情况告诉唐僧，师徒几个听了都十分气愤。到了半夜时分，只听见外面传来一阵吹打声，仔细一看，只见正南方的三清观里一片灯火通明，原来是道士们正在做道场，中间有三个老道士披着法衣，正在闭目念经。悟空心想：这应该就是三个大仙了。然后，他又把八戒和沙僧叫醒，说："三清观里有好多的供品，走，咱们也去受用受用。"

三人来到观里，八戒看到那些新鲜的果品，馋得口水直流。悟空念起咒语，嘴里吹了一口气，顿时一阵风掠过三清观，把灯火一齐吹灭了。只听一个道士说："这是一阵神风，大家先回去睡吧。"

　　等道士们都散去，三人便大摇大摆地来到大殿，想出了一个歪主意：悟空、沙僧、八戒摇身一变，分别变成元始天尊、灵宝道君和太上老君的模样，然后把原本那三座圣像藏了起来，自己坐在高台上，一边闲聊，一边尽情地享受着那些供品。一会儿功夫，就如风卷残云般，把那些供品吃得一干二净。

　　哪曾想，有一个小道士想起手铃忘在了殿上，就摸着黑来找，突然发现高台上有人在吃着东西说着话，吓得他连滚带爬地跑了出去，向三位道士报告情况。悟空三人看到有人来了，连忙端坐着，道士们点着灯，前前后后找了半天，也没有发现异常之处。只听见虎力大仙说："奇怪！不知道是谁把供品全吃了。"

　　这时，元始天尊开口了："众晚辈小仙，我们从蟠桃会上而来，没有带金丹圣水，改日再补上。"道士们冷不防听见三清开口讲话，连忙倒地磕头，如同捣蒜一般，连声说道："三清圣驾，求您好歹赐些圣水吧。"悟空见了，又说道："看在你们一片诚心的份上，就你们赐些圣水吧。"道士们不禁狂喜，纷纷拿出器皿来，在殿外等候。悟空三人分别对着器皿，撒了泡尿在里面。虎力端起器皿，首先尝了一口，咂嘴说："怎么有股尿臊味？"悟空三人听了，忍不住哈哈大笑起来，说："我们是东土大唐去西天取经的和尚，吃了你们的供品，心里过意不去，就赏点圣尿赐给你们。"说着，就现出本相，驾起云头，回到了住处。

第二天一早，唐僧带着三人来到皇宫倒换关文。三个道士一眼就认出了悟空三人，马上向国王状告他们的罪状。悟空质问道："三位国师说我们有罪，请问可有人证物证呢？"双方正争吵着，恰好值殿官进来报告："陛下，宫门外聚集了很多百姓，特意来请国师降雨。"国王就对唐僧说："唐朝和尚，你们冒犯了国师，本该问斩，念你们远道而来，暂且饶恕。但是需要跟国师赌一场祈雨，如果你能祈来一场甘霖，就放你们西行。"唐僧面露难色，悟空在一旁笑着说："这有何难？那就赌吧。"

国王立刻传旨观看求雨，一切准备就绪。虎力大仙首先登坛，傲气十足，只听他大声叫道："一声令响，风来；二声响，云起；三声响，电闪雷鸣；四声响，雨至；五声响，云散雨收。"紧接着，"叮"地一声令牌响了，马上风起云涌，眼看一场大雨即将倾盆而至。悟空连忙纵起云斗，来到天上，命令云童、风婆、雷公、电母不得刮风降雨。只见刚才还乌云密布的天空，顷刻间变得晴空万里。虎力一看，顿时傻了眼，慌了神，不住地添香、烧符、念咒，接连打响了四张令牌，可惜依然不见任何动静。

悟空站回师父身边，大声说："大仙没有请来风雨雷电，请下来吧，轮到我们了。"虎力没有办法，只得垂头走下高台，欺骗国王说："今日龙神都不在家，所以请不来风雨。"

悟空冷笑道："那就等我师父请来给你瞧瞧。"

　　唐僧走上高台，心中没有底，小声对悟空说："悟空，我不会祈雨。"悟空告诉他："师父不用着急，你静静地念经就好了，有我在呢。"然后他又命令云童、风婆、雷公、电母立刻施威，还把四海龙王请了过来。霎时，狂风四起，乌云密布，电闪雷鸣，大雨滂沱，犹如珍珠断线，银河决堤。国王传旨："够了！够了！"悟空又暗中转告几位神仙，立刻就雨停风息，万里无云。

　　国王见了，在关文上盖上宝印，正要打发他们西去。三个道士觉得失了面子，就纠缠着要再跟他们比试高台坐禅。国王立刻传旨搬来一百张桌子，两边各用五十张，一张一张摞起来成了高高的禅台。虎力纵身一跃，落在了西边的高台上，唐僧不会驾云，悟空又变作一朵五彩祥云，把师父轻轻托起送上了东边高台。唐僧坐功极好，在禅台上稳坐两三年都不在话下，鹿力一看师兄短时内赢不了，就变成一只臭虫，定在唐僧的后脑，叮咬唐僧。唐僧被咬得又痛又痒，却不能动手去挠，只好缩着脖子，就着衣领擦擦。悟空见了，连忙变成小飞虫捻下臭虫，又飞到西禅台，变成一条蜈蚣，钻进虎力的鼻孔里狠狠地叮了一下，虎力冷不防感到疼得钻心，一个跟头从高台上栽了下来。

　　道士还是不肯罢休，鹿力又提出来比试隔板猜物。国王依了他，传旨把一件宝贝放进一只朱红色漆的柜子里，叫唐僧和鹿力猜那柜中是什么宝贝。悟空变作一只飞虫钻进柜子，发现里面放的是一套山河社稷袄、乾坤地理裙。他把宫服拿起来一抖，叫了声"变!"然后飞出柜子在唐僧耳边轻声说："破烂流丢一口钟。"这时，只听鹿力底气十足地说道："里面放的是一套山河社稷袄、乾坤地理裙。"唐僧却说："是破烂流丢一口钟。"国王大怒："大胆和尚，敢嘲笑我国中无宝，给我拿下!"悟空忙说："陛下，还没打开柜子看呢。"国王命人打开木柜一看，里面果然躺着一口破钟，不禁惊愕不已。

三个道士还是不服气，索性提出要赌砍头、剖腹、下油锅。悟空连忙主动请缨："这一回，让我来跟你们比试比试好了。"国王传旨，设好了杀场。悟空抢先进去，刽子手一刀就把他的头砍了下来，只听"扑通"一声落在地上。悟空轻轻地叫了一声："长!"只见他的脖子上又长出一颗脑袋来。轮到虎力了，他自然也不甘落后，就在刽子手砍落他脑袋的一瞬间，悟空连忙拔下一根毫毛，变作一只无比凶猛的大黄狗，将虎力的头一口叼走了。虎力在原地叫了三声"头来"，可是人头就是没有回来，最后只能倒地而死，现出了原形，原来是一只黄毛虎。

鹿力见师兄丢了性命，又吵着要和悟空比试剖腹剜心。悟空大大咧咧地解开衣带，露出肚腹。刽子手一刀下去，剖开了他的肚皮，取出血淋淋的五脏六腑。悟空却又慢条斯理地将它们放回原处，叫了声"长!"肚皮转眼就愈合了，如同没有剖开过一样。轮到鹿力大仙了，他也被剖开肚皮，正梳理着自己的五脏六腑。悟空又拔了根毫毛，变成一只饿鹰，猛扑过来，用利爪将鹿力的五脏六腑抓走了。只见鹿力也现出了原形，原来是一只白毛的角鹿。

羊力看到师兄们惨死，发誓要为他们报仇，就和悟空赌下油锅。悟空依旧当先跳进油锅，在里面像洗澡一般，玩够了，就跳了出来。轮到羊力了，只见他也不急不躁，像没事儿似的。悟空伸手一探，只见刚才还沸腾的油这时却是凉的，原来锅底盘了一条冷龙在保护着他。悟空赶紧叫来北海龙王把冷龙捉下海去。一瞬间，油锅里又开始热气翻滚，羊力挣扎了两下便沉入了锅底。捞上来一看，原来是一只羚羊。

三个道士全都现出了原形，国王这才如梦方醒，下令重修寺庙，善待和尚。并酬谢唐僧师徒，以礼相送一直到车迟国的国界。

【博闻馆】

三　清

三清，道教用语，指道教所尊的玉清、上清、太清三清境。也指居于三清仙境的三位尊神，也就是玉清元始天尊、上清灵宝天尊、太清道德天尊。

"元始天尊"这一称呼，大约在晋代才出现。他的形象可以概括为"顶负圆光，身披七十二色"，所以他一般都头罩神光，手里拿着红色丹丸，要么左手虚拈，要么右手虚捧。

"灵宝天尊"这一称呼，是南北朝时期才有的。在道教宫观里的三清殿中，他常常居于元始天尊的左侧，手中拿着太极图或玉如意。

　　"道德天尊"就是老子，又称太上老君。后来有"老子一气化三清"的说法。

　　值得注意的是，在中国民间，农历正月十五"上元节"，农历七月十五"中元节"；农历十月十五"下元节"，分别是道教明确祭奠天、地、水三位大神的三个重要的节日。

受阻通天河

　　唐僧师徒一路向西前行，又到了秋高气爽的季节，他们来到一条白浪滔天的河边，只见河岸上竖着一块大石碑，上面刻着三个大字："通天河"。仔细一看，还有两行小字："径过八百里，亘（gèn）古少人行"。唐僧一看，不禁发愁说："西天取经如此难，哪里知道会有这么多的山水阻隔，妖魔鬼怪。"

　　忽然，不远处传来阵阵鼓钹的声音，四人循声而去，来到一个村落，大约有四五百户人家，其中一户在办着亡斋。一打听，原来村庄叫陈家庄，这家主人是一对兄弟，哥哥叫陈清，弟弟叫陈澄。他们说不知道什么时候开始，通天河里来了一个妖怪，自称灵感大王，他勒令村民每年供献一对童男童女，否则就降下灾祸，使百姓不得安宁。今年轮到了陈清弟兄，兄弟俩不忍心献出孩子，但又没有办法，为了让孩子早日超生，特地做了场"预修亡斋"。

　　悟空听说有妖怪，就让陈清将儿子抱了出来，悟空一看，摇身一变，变得跟那小孩一模一样，连陈清也分辨不出哪个是真哪个是假。悟空现了本相，说："我替孩子去做祭品吧，好让你老陈家留下后代。"陈清一家听了，全都跪倒在地，不住地磕头道谢。然后，悟空又让八戒变成那女孩的模样。

这时，外面有人喊："时辰到了，快送上童男童女！"就这样，悟空和八戒被抬了出去，后面跟着陈家庄男男女女一大群人，一直送到了庙里。然后，人们磕过头，烧过香，就回村里去了。

通天河，古称"牦牛河"，位于万里长江源头，自西北向东南流淌在玉树草原上，因辑入《西游记》而名闻天下。

到了半夜时分，外面刮起一阵狂风，紧接着，一个妖怪进来了。只见他两眼如铜铃，利牙如锯齿，恶狠狠地问道："今年祭祀的是哪一家？"悟空回答道："陈清、陈澄家。"妖怪一听，心想：以前的小孩一看到我，早就被吓死了，这个童男竟然敢跟我说话？今天就先吃童女吧。于是，伸出手去就捉八戒，八戒马上现出本相，举起钉耙朝着妖怪就筑，妖怪没带兵器，慌忙化作一阵风逃了出去。悟空也马上现了本相，和八戒追了出去。那妖怪在高空问："你们是哪里来的和尚，敢坏我的好事！"悟空朗声说道："爷爷是东土大唐圣僧的徒弟，去西天取经路过此地。"那妖怪一听，扭头便钻进了通天河。

妖怪回到河底，顾不上计较没有吃到童男童女，而是一心想着怎样才能吃到唐僧肉。妖怪身边有个老鱼婆，替他出了个主意。他一听，连声叫好，当下钻出水面，念动咒语，冰封了八百里通天河。

第二天一早，唐僧听说通天河一夜间被冰给封住了，上面还有人走动，高兴地对悟空三人说："徒弟，快收拾行李，趁着河水结冰，我们赶紧过河。"悟空觉得蹊跷，就去试了试冰的厚度，发现果然很厚，便没有多想，扶着唐僧就上了马。当他们走到河中心时，忽然"咔嚓"一声，河面迸开一条裂缝，悟空身子敏捷，急忙跳到半空，等再回头看时，其余三人连同白马行李一股脑儿掉进了通天河里。早就等在水下的妖怪，一把就捉住了唐僧，把他带回水底，装进了一个石匣当中。

八戒、沙僧本来水性就好，他们在水中没有找到师父，只好牵马挑担上了岸。悟空问道："师父呢？"八戒回答道："师父姓陈，名到底了。"三人只好回到陈家庄，安顿好白马和行李，拿着兵器又来到通天河。悟空不擅长水战，便变成一只小虫子，叮在八戒的大耳朵里。沙僧劈开水路，三人一起到了水底，忽然抬头，看到眼前有一座洞府，上面写着"水鼋（yuán）之第"四个大字。

悟空爬出八戒的耳朵，变成一个长脚虾婆，跳进门去打探消息。只见妖怪高高地坐在上面，和一个老鱼婆商量着吃唐僧肉的事。悟空煞费苦心找了好一阵儿，也没找到唐僧。就跳到一个大肚子的虾婆旁边，假装问道："大王要吃唐僧肉，可是这唐僧人在哪里呢？"大肚子虾婆说："在后宫的石匣里。"悟空一听，找了个机会退出门外，叫八戒、沙僧前去挑战，并嘱咐说能擒则擒，擒不住就把妖精引出水面，让他来收拾，然后自己钻出了通天河。

八戒、沙僧来到门前，高声叫道："妖怪，快快送我师父出来！"那妖怪一听，随手拿起一柄九瓣赤铜锤就出了门，和八戒很快缠斗在了一起。沙僧见了，也举起宝杖上来助战。三人在水底厮杀了好长一段时间，依旧难分胜负。八戒看一时半会儿赢不了他，便朝沙僧使了个眼色，两人假装抵挡不住了，拖着兵器就往水面退。那妖怪哪里肯罢休，一路紧追不舍，出了水面。

此时，悟空正目不转睛地盯着河面，忽然看见波浪翻腾，只见八戒、沙僧露出了水面，紧随其后的就是妖怪。悟空一看，抡起手中的金箍棒，照着妖怪劈头就打，那妖怪闪身一躲，连忙举起锤子和悟空斗了起来。打了不到三个回合，他就招架不住了，于是一头扎进了通天河里。

那妖怪尝到了悟空的厉害，回到洞府，就让小妖们搬来石头，把洞门堵得严严实实的。八戒、沙僧又来到水底挑战，妖怪任凭他们在外面叫阵，自己就是沉得住气，无论如何也不出来应战。二人见引诱不出妖怪，只好上了岸，这可难倒了他们仨。悟空想不出别的办法，只好去南海请观音菩萨帮忙。

菩萨和悟空来到通天河，只见她解下一根丝线，拴在手腕的竹篮上，踏着云彩，提着丝线，把竹篮往河里一抛。眨眼间，就看到提起来一条美丽的大金鱼，那条金鱼眨巴着眼睛，活蹦乱跳地掀动着。原来，这条鱼本来是菩萨莲花池里养的金鱼，它偷了一株还没有盛开的荷花，炼成了九瓣铜锤，然后就逃到通天河里兴风作浪来了。

悟空三人拜谢了菩萨，赶忙潜入水底，救出了师父。师徒四人看着水雾茫茫的江面，还是没有办法渡过通天河。忽然听到水中传来声音："大圣，我来送你师父过去！"悟空觉得奇怪，定睛一看，只见一只白头老鼋钻出了水面。原来，通天河底的"水鼋之第"本是老鼋的住宅，后来被鱼精给强占了。如今悟空帮助它除了妖怪，它特地来谢恩的。

老鼋让唐僧师徒踩在他的背上，驮着他们渡过了通天河。上了岸以后，唐僧再三道谢。老鼋说："圣僧不用客气，我只希望圣僧见到佛祖以后，能代我问一问，我还要多久才能修炼成仙体。请圣僧千万不要忘记。"唐僧连连点头答应。

【博闻馆】

通天河

通天河，中国境内的一条大河，主要流经青海地区。它古称"牦牛河"，位于万里长江的源头。通天河的河床海拔高3000～4000米。上段河谷开阔，河槽宽而浅，水流散漫，两岸只是相对平缓的山丘。到了下段，河道比较顺直，河槽逐渐稳定，水势汹涌，水流比降开始增大，两岸的山势也逐渐增高。谷底海拔由上游的4000多米下降到3000多米，成为典型的峡谷河流。

通天河自西北向东南流淌在玉树草原上，横贯近千公里，哺育了玉树草原的万物。位于通天河大桥的南岸，有一块巨大的岩石，旁边有几棵古柏，树上挂满经布。相传，唐僧取经归来，路过通天河的时候，由于忘记了老龟的嘱托，老龟把唐僧一行掀下河去，上岸后，他们在岩石上晾晒淋湿的经卷，没想到经卷上的字都印到了石头上，后来字迹犹存，清晰可辨。

苦斗青牛怪

秋去冬来，天气越来越冷，唐僧师徒冒着严寒，艰难地走在西去的路上。好不容易又翻过一个山头，忽然看见山坳里隐隐露出一片楼台房舍。唐僧的心情一下就好了起来，仿佛重新看到了希望，于是对悟空说："悟空，我走了一天了，实在是又冷又饿。前面好像有人家，我们去那里歇会儿，吃了斋饭再走吧。"悟空定睛一看，对唐僧说："师父，我看那边有凶气，只怕又是妖怪点化的宅院，千万不要进去。不如你先下马休息，我到其他地方去化些斋来给你吃。"说完，纵起云头不见了。

唐僧三人坐在原地等候悟空，等了半天也不见悟空回来，不免有些着急。八戒在一旁满腹怨言："谁知道这猴子上哪里玩去了，叫我们在这儿傻傻地等着。"坐了一会儿，他又怂恿唐僧说："师父，不如我们先顺着大路往西走着，师兄化斋回来，肯定知道追上来的。"唐僧觉得有理，便又上了马，顺路慢慢前进。

不一会儿，他们就来到一座宅院前。八戒叫沙僧陪着师父，自己先进去看看情况。他看到大厅里静悄悄的，一个人影也没有，就上了后楼，楼上也空无一人，只有一张彩漆的桌子上，堆着几件纳锦背心。八戒想到外面天冷，穿上背心恰好合适，就不管三七二十一，拿起背心往外就走。

走出大门，八戒举起背心对唐僧说："师父，这栋房子没有住人，楼上有三件背心，我拿了出来，师父快穿上，也好暖暖身子。"唐僧摇摇手，说："不行，不行。'明拿暗偷皆为盗'，你快快送回原处去。"八戒哪里听得进去，撅起长嘴，说："师父不穿我穿，也好护护我的脊背，等师兄来了，再给他一件。"于是，就和沙僧一人穿了一件。没想到，他们刚把背心穿上，两个人就"扑通"一声，跌倒在地。一瞬间的功夫，背心就变成了绳索，把他俩捆了个严严实实，动弹不了。唐僧一见，慌忙过来解绳子，可是哪里解得开呀！

　　原来，这宅院果真是由妖怪点化而成。唐僧师徒三人的叫声马上就惊动了洞里的妖怪，他看到有人上钩，就把这点化的房屋收了起来，把唐僧三人一齐捉进洞里去了。

　　再说悟空化斋回来，返回原地，发现那里空无一人，完全不见了师父三人的踪影，再眺望那山坳里，先前的房舍也消失了。悟空心想：不好！师父肯定遭遇妖怪了。他连忙叫出土地神和山神，一问才知道，这座山叫金兜山，山里面有一个金兜洞，洞里住着一个独角兕（sì）大王，本领高强。

　　悟空把斋饭让土地神拿了，举起金箍棒就直奔山洞而去，他在洞外高声喝道："妖怪，我是唐僧的大徒弟齐天大圣，快快送出我师父，否则叫你死无葬身之地。"独角怪一听，顿时大怒："你这猴子，口出狂言！你师父偷了我的衣服，才被我捉来。如果你真有本事，能打赢我，那就还你师父；如果打不过我，就把你们师徒一齐蒸了吃。"说完，一阵哈哈大笑。很快，两人就打到了一起，接连打了三十个回合，也分不出胜负；又战了二十个回合，还是平分秋色。独角怪看自己一时赢不了悟空，忍不住夸道："真是厉害，果然是大闹天宫的手段。"接着他叫小妖们一齐冲了上来，悟空不慌不忙，把金箍棒往空中一丢，叫了声"变！"立刻出现了千万条铁棒，乍一看好似飞蛇走蟒，满天飞舞，纷纷砸在小妖们的身上。独角怪见了，冷笑一声，不紧不慢地从袖中掏出一只亮闪闪白灼灼的圈子来，往空中一抛，叫了声"着！"只听"呼啦"一声，那千万金箍棒都收成了一根，套进了圈里。悟空一看没了金箍棒，只好翻了个跟头逃走了。

悟空灰溜溜地来到山上，思考着对策，忽然间想起：这妖怪知道我大闹天宫的手段，想必是天上的凶星下凡。干脆去找一下玉帝，要他帮忙查一查。于是，他一个筋斗翻到了南天门，进了灵霄殿。玉帝听明了他的来意，派人查遍了满天星斗，也没有发现有缺席的，就对悟空说："这样吧，你挑几员天将，帮你去擒拿妖怪。"悟空就请了托塔李天王和哪吒三太子一起来到了金兜山。

哪吒和悟空来到洞口叫战，妖怪听到悟空的声音，随手就拿起钢枪出来迎战。一看还有哪吒，就笑着说："这不是哪吒三太子吗？是孙悟空请你来帮忙的吧？"哪吒没有理他，迅速将身子一晃，转眼间就变出三头六臂，手持六般兵器，朝着妖怪杀来。那妖怪毫不逊色，也变作三头六臂，挥舞着手中的三柄长枪，抵挡住了哪吒的兵器。哪吒见了，将六件兵器往空中一抛，叫声"变！"顿时变成了千千万万个武器，密密麻麻，铺天盖地地朝妖怪打了过去。哪知那妖怪故伎重演，又从袖子中取出那白圈儿，朝着空中一抛，叫了声

"着！"将哪吒的六般兵器全都套走了。哪吒一惊，只好掉头逃了回去。

哪吒对李天王报告说："那妖怪果然厉害！孩儿的兵器也被套走了。"悟空在一旁说道："他的本事也不过如此，只不过那个白圈子实在是厉害。"李天王眉头紧锁，说："看来只有水和火才套不进去了。"悟空觉得十分有理，连忙去天上请来了火德星君和水德星君。谁知道水和火同样奈何不了那宝贝，反而把火德星君的火龙、火马、火鸦、火鼠等兵器和水德星君的白玉盂儿一并套走了。

悟空见了，心里不免焦急，看样子要想取胜，除非拿到那件宝贝，这样的话就只好去偷了。于是悟空变作一只苍蝇，从洞门的门缝里钻了进去。一直飞到妖怪的睡房，只见他睡得正香，胳膊上还露出了那个白圈子，悟空变成一只跳蚤，趴在妖怪的胳膊上狠狠地叮了一口，没想到那妖怪翻了个身，骂了一句，反而把圈子又往上捋了捋。悟空又咬了一口，妖怪还是死死地护住那白圈子。

悟空见一时无法得手，就又变成飞虫，飞到了洞里的后厅，哈，无意间看见了自己的金箍棒，哪吒的六般兵器……天神的兵器都被整齐地排放在左右两边。悟空欣喜不已，立刻现出本相，一股脑儿将兵器全都拿了出来，临走的时候还放了一把火，烧得那些小妖们喊的喊，哭的哭，死伤大半。那独角怪被吵醒，知道是悟空干的，气得咬牙切齿。

悟空得胜归来，将兵器送到了众天神的手里。天神们拿了兵器，都笑呵呵地夸赞悟空。哪吒说："大圣，不如我们趁着那妖怪挫了锐气，现在就去力战，肯定能将他擒住。"

悟空一听，叫上众位天神，一齐来到洞口挑战。那妖怪正恼怒得很，走出洞来，看到悟空，举枪就刺了过去。这时，哪吒、李天王等人纷纷对着妖怪射出自己的兵器，妖怪一点儿都不慌张，冷笑一声，又从袖管中取出那宝贝儿，抛向空中，叫声"着!"一下又将所有的兵器套走了。

真是了不得！众天神我看着你，你看着我，一个个垂头丧气。悟空最后决定去找如来佛祖。他想，佛祖法力无边，一定知道这妖怪从何而来。于是翻了一个筋斗来到了灵山，见了如来佛，把众天神降服妖怪的经过简单说了一遍。如来佛抬起慧眼朝远处看了看，笑吟吟地说："你去太上老君那儿看看，问他的兜率宫少了什么没有。"

悟空谢过了佛祖，又一个筋斗云来到了兜率宫。太上老君见了，没好气地问道："你这猴头，又闯到我这儿来做什么?"悟空也不答话，径直就往里走，东张西望，四处搜寻。走过几层廊宇，忽然发现牛栏边一个看牛的童子正在打盹儿，又一看，栏里空空如也，于是大叫："老官儿，你的牛呢?"老君也吃了一惊，

在江西省鹰潭市龙虎山仙水岩景区的仙岩极顶上有座高大雄伟的建筑，叫"兜率宫"，内供奉集道、神、人三位一体的神灵"太上老君"。

说："这畜牲什么时候跑了?"这时，那小童醒了，吓得六神无主，跪在地上不住地叩头说："爷爷，弟子错了，弟子睡着了，不知道它什么时候跑的。"原来，这小童在丹房里

捡到一粒丹，就把它给吃了，没想到一吃下去就打起了瞌睡。

老君又去查看是否少了什么宝贝，悟空说："别找了，那妖怪从头到尾只使过一个宝贝，就是一个白色的圈儿。"老君一查，果真不见了"金刚琢"。悟空一听，大叫起来："好你个老官儿！当年老孙就是多亏了那金刚琢，才被压了五百年，怪不得这么厉害！"老君脸上一阵难堪，连忙拿了芭蕉扇，和悟空来到了金兜山。

悟空又来到洞口叫骂，看到妖怪出来，突然纵身一跃，冷不丁就劈了妖怪一记响亮的耳光，妖怪又羞又恼，赶紧追了过来。这时，老君在空中喊道："牛儿，你还不回家吗？"妖怪抬头一看，发现是自己的主人，顿时慌了神。老君念了声咒语，又扇了扇芭蕉扇，妖怪就乖乖地把圈子交了出来。老君接在手里，又扇了一扇，妖怪立刻就现了本相，原来是一头大青牛。老君用金刚琢穿过青牛的鼻子，牵在手里，辞别了众天神，然后骑上牛背，驾起云彩回兜率宫去了。

悟空和众天神打进洞中，救出了唐僧三人。师徒几个谢过天神之后，就收拾了行李马匹，走上了大路，忽然看到土地神和山神手捧紫金钵盂，在路边等着。他们对着唐僧说："圣僧，吃了斋饭再走吧，小神刚刚热过的。"接着又叹了口气，说，"恕小神多言，如果圣僧当初肯听大圣的劝告，就不会误入魔穴了。"

唐僧听了十分羞愧，悟空却大度地说："没事，没事。"于是，师徒四人谢过土地神和山神，分吃了斋饭，继续向西走去。

【博闻馆】

托塔天王

托塔天王，姓李，名靖，历史上确有其人。他是陕西人，唐初名将，唐太宗时任兵部尚书，因战功显赫，死后被封为"卫国公"；又因死后经常显灵，为百姓救危解难，因此百姓纷纷为他建立专门的寺庙来供奉，到了晚唐时候，李靖就渐渐被神化了。

在神话故事中，托塔天王早年与第三个儿子哪吒反目，如来佛祖为了化解他们父子的前仇，就赐给他一座舍利子如意黄金宝塔，所以后来他被称为托塔李天王。托塔天王常见的形象是：身穿铠甲，头戴金翅乌宝冠，左手托塔，右手持三叉戟。

他一共有三个儿子，长子金吒侍奉如来佛祖，二子木吒是南海观世音菩萨的大徒弟，三子哪吒在自己的帐下效力。李家父子武艺超群，法力深厚，又对玉帝忠心耿耿，在天界享有崇高的地位。每逢大事，玉帝必定先钦点李天王挂帅。两次平息孙悟空造反，都是任命他为降魔大元帅，他手下的巨灵神、鱼肚将、哪吒三太子等人，都是难得的精兵良将，在取经途中帮助唐僧师徒四人度过不少劫难。

误饮子母河

早春时分，师徒四人走在山间，突然眼前出现一道波光粼粼的小河。

唐僧见那河水清澈见底，刚好走得有些渴了，便招呼八戒："八戒，你把我那钵盂（bō yú）拿来，舀些水给我吃。"

说到吃喝，猪八戒的动作比谁都快，边说着："老猪也正好渴了。"边舀了满满一钵水，递给他师父。等唐僧喝了几口，赶紧接过来，把剩余的水一口喝干，还连连称赞："好水！好水！甜得很！"

谁能想到，正是这可口的河水，引起了大麻烦！

稍作休整，一行人又上路了。不到半个时辰，唐僧忽然觉得肚中一阵剧痛，疼得叫出声来："哎呦！慢点走，慢点走，我肚子怎么这么疼？"话音刚落，八戒也喊起来："哎呦！老猪也疼得厉害！"两个人只是捂着肚子，趴在地上叫唤着。

一旁的沙僧不知出了什么事，只是干着急："怎么回事？是不是因为刚才喝了冷水呀？"倒是悟空还算镇定，摸摸二人肚子，仿佛里头有点动静；再定睛一看，似乎比刚才大了不少。

悟空正思索着，无意间看见不远处有一间草房子，他忙说："前边有个人家，我们去问问附近有没有卖药的，找个药方，给你俩治治说不定就好了呢！"说完，便与沙僧连拖带拽（zhuài）地将两个病号带到房门前。

敲门之后，一个老婆婆从屋里走出来，看看手忙脚乱的四个人，又看看唐僧与八戒的大肚子，顿时一副什么都明白了的模样。

她笑着说："这两位怕是喝了前头那小河里的水吧？"

悟空连连点头："正是正是，您怎么知道的？"

婆婆笑得更欢了："来，快进来，我慢慢跟你说。"

于是，悟空搀着唐僧，沙僧扶着八戒，跌跌撞撞进到屋里。那两人早已疼得脸都发白了，坐也不是，躺也不是，真是难受非常。

悟空一把拉住那婆婆，说道："婆婆，麻烦您烧些热水给我师父和师弟喝喝，也好先止些疼痛啊！"

老婆婆却不动身，只问悟空："你们是从哪儿来的呀？"

"我们是从东土大唐去西天取经的和尚，您赶紧烧水啊，等他俩好些了，咱们再慢慢自我介绍。"见那二人疼得越发厉害，悟空也着急起来。

那婆婆又笑了："他们这疼，恐怕热水止不住！你不知道，这里是西梁女儿国，从来

《西游记》中的子母河，很有可能是今天新疆境内的库车河。

都只有女人，没有男人，所以我才好奇你们是从哪里来的。你师父喝的那河水，叫作'子母河'，城外还有一个'照胎泉'。我们这儿的姑娘家，只有过了二十岁，才敢去喝那河水。喝完肚子里就有了胎儿，自然十分疼痛；三天之后，再去'照胎泉'一照，若有两个人的影子，就能生下孩子啦！你师父既然喝了子母河的水，想必也有了胎气，赶明儿说不定能生个大胖小子呢！"

唐僧一听这话，吓得不轻："徒弟啊！这可怎么得了！我一个大男人，怎么能生孩子呢！"八戒也发慌了："完了完了，这下可要我老猪的命呀！"两人急得只差没掉下泪来。

"难道就没有什么药能治吗？"悟空问。

婆婆叹一口气，说："一般的药还真治不了。倒是我们这儿正南街有一座解阳山，山里有个破儿洞，洞中有一眼'落胎泉'。只有喝一口那泉水，才能解子母河的胎气。只是现在那泉水被一个叫作'如意真仙'的道人管着，轻易不让人喝；要喝一碗，必须拿重礼求他才行。你们这当和尚的，哪有许多钱办礼物，只能挨着，等孩子生下来就不疼了。"

悟空一听有解药，满心欢喜，立刻打听清楚那解阳山的方向、路程，吩咐沙僧照顾二人，腾云取水去了。

没多久，悟空已到解阳山头上，只见一所庄园映入眼帘。他走到门口，看到一个道人正在草地上打坐，便上前行礼。

道人还礼问道："请问您来小庵有什么事儿吗？"

悟空忙说明情况："在下孙悟空，是从东土大唐去西天取经的和尚，因我师父一不小心喝了子母河的水，现在肚子疼得厉害，听说只有解阳山破儿洞的落胎泉水能解，所以前来拜访如意真仙，希望能拿些泉水救我师父。拜托您给指个路吧。"

道人一听，笑着说："你脚下就是破儿洞啦，现在已改名叫'聚仙庵'，我就是如意真仙的大弟子。你既然是来求水的，礼物都准备好了没？"

孙悟空说："我一个过路的和尚，哪有钱买礼物？"

道人又笑："看来你没搞清状况，我师父在这儿辛苦看护泉水，岂是白送人的？你快回去置办厚礼，等礼到了，我再为你通报。就这么两手空空想要水，你还是死了这条心吧！"

悟空倒也不发火："你就把我的大名告诉你师父，他自然要拿泉水给我做个人情，到时候要把整口井都送我也不一定呢！"

道人听了这话，倒有些糊涂了，只好进去通报他师父。谁知那如意真仙一听"孙悟空"三个字，怒发冲冠，抄起武器就跳出庵门，喊道："孙悟空在哪里？"

悟空一见，合掌行礼，说："贫僧正是孙悟空。"

如意真仙说："你认得我吗？"

悟空回答："我这一路去西天取经，以前的朋友都很久没见面了，老孙记性不好，难道我们之前见过？"

那真仙可不是来叙旧的，他恶狠狠地说："你还记得红孩儿吗？他是我哥牛魔王的孩子，早些时候接了我哥的来信，说孙悟空把他儿子害了。我正愁没地方找你报仇，你倒自己送上门来了!"

悟空连忙解释:"这话不对啊,我跟你哥以前也是兄弟,咱俩说起来是亲戚;你那侄子红孩儿,如今跟着观音菩萨,做了善财童子,是天大的好事,怎么倒怪我呢?"

真仙一钩子打过去,喝道:"胡说!我侄子好好做着大王,都是被你害得给人当奴才!"

悟空也不示弱:"好你个家伙,我以礼待你,你还不识好歹,既然如此,看老孙的棍!"

两人大战十几回合,真仙渐渐败下阵来,拖着钩跑了。悟空也不去追他,直回庵里取水。哪知道才找到吊桶,那家伙又跑回来捣乱。悟空一手拿着桶,一手拿着金箍棒,两手不得闲,打水也不是,打架也不是,真发愁!

悟空心里暗暗想着:"这不行,我可得找个帮手来。"于是,他放下吊桶,一个筋斗云,跳出聚仙庵,奔回小草屋,叫一声:"沙师弟!"

沙僧一听大师兄回来了,忙欢喜地出来迎接:"大师兄,水找到了?"

悟空摇摇头,对他吩咐几句,又嘱咐好婆婆照顾师父,带上沙僧一块儿回了解阳山。

这边真仙以为赶走了孙悟空,正和他徒弟说笑呢,只听门外又有叫喊声:"开门!开门!"仔细一听,原来还是齐天大圣。真仙仗着前次得胜,气焰正盛,二话不说,就与悟空酣战起来。

这次两人打得比前次更加激烈,一时难解难分。趁着此时,沙僧悄悄进到庵里,打倒看守道士,打了满满一桶泉水；之后，朝着天空大喊："大师兄，水我已经拿到了！饶了他吧！"

原来，悟空刚才吩咐沙僧的，正是这调虎离山计！

得到消息的悟空放开手脚，尽显神通，三下两下就收拾了那真仙道人："看你是牛魔王的弟弟，今天就饶了你。今后有来取水的人，切不可再敲诈勒索！"落败了的道人忙点头答应。

于是，悟空和沙僧带着泉水回到草屋，让唐僧与八戒服下。没过多久，两人的肚子渐渐消肿，疼痛也消失了。

【博闻馆】

西方人也会调虎离山计

在这一回故事中，悟空使用的调虎离山计，是中国古代兵法著作《三十六计》中的第十五计，意思就是用计使对方离开原来的地方，以便乘机行事。

有意思的是，在西方宗教经典《圣经·旧约·约书亚记》中也有类似使用调虎离山计的故事：以色列的首领约书亚攻打艾城时，故意把军队分为两部分，一部分假装战败逃走，吸引艾城人全城出动攻击，即调虎离山；而另一部分军队则趁艾城空虚的时候潜入城中，占据城池。最后，约书亚成功取得了战争的胜利。

计脱女儿国

既知前方是西梁女儿国，唐僧特别嘱咐众徒弟，千万要注意自己的行为举止，不能丢了出家人的脸。

正说着，一行人已踏入城内。放眼望去，不分老少，个个裙摆翩翩、妆容精致，满城尽是女儿家。她们一看见唐僧师徒，就像发现了新大陆，忙着挤过来观看，一边看还一边指指点点地说笑；只是碍于几个徒弟长相凶恶，不敢靠近。

渐渐地人越聚越多，忽然，一位官员模样打扮的女子上前行礼："客人是从哪里来的？"

悟空回答："我们奉东土大唐皇帝之命，上西天拜佛求经。这位是我师父唐三藏，就是唐王的御弟。我们随身带有通关文牒，还请女官大人验证放行。"

那女子说："欢迎远方的客人来到西梁女儿国，我是这地方的驿丞（chéng）。能否请几位先暂时休息一会儿，等我上报给女王，办好手续，再送各位西去。"

唐僧等人自然满口答应。

于是，驿丞便进宫将唐僧师徒入城的消息详细地禀告给了女王。

女王一听，非常高兴，说："我国自从开国以来，从未有男子入境。今天这唐王御弟从天而降，难道是上天赐给我女儿国的礼物吗？我若与他成亲，生几个孩子，咱们这女儿国岂不是能世世代代传递下去？"

朝堂上众女官听了这主意，都觉得不错，纷纷表示赞同。

女王又问："那御弟长什么样子？"

驿丞答道："他倒是模样俊俏，仪表堂堂；只是那三个徒弟，都长得像妖怪一般，十分可怕呢。"

"既然如此，就把那唐三藏留下，把那几个徒弟打发去西天好了。"女王以为这样的安排恰到好处。

一旁一位女官上奏："女王的话虽不错，只是成亲需要个媒人才行呀！"

女王点点头："也对，这样吧，就让太师做媒，驿丞主婚，先去向那唐三藏求亲。等他答应了，我再出宫迎接他吧。"

王令已下，太师、驿丞不敢松懈，马上行动起来。

这边唐僧还蒙在鼓里，正与他的徒弟们吃饭呢。只听外面通报："太师来了！"师徒几个连忙出去迎接。

太师细看那唐僧，确实是个帅哥，心中暗喜："这长相配得上我们女王呀！"一边行了个大礼，说："恭喜！恭喜御弟爷爷！"

这下唐僧一头雾水："我没什么喜事啊？"

太师满脸堆笑："我女儿国从未有男子入境，今日御弟爷爷远道而来，我奉女王之命，特地前来求亲。"

唐僧更糊涂了："我一个和尚，没儿没女。这里只有三个顽劣徒弟，不知大人求的是哪门子亲事？"

一边驿丞搭话道："女王诚心要与御弟爷爷成亲，愿与您分享一国的荣华富贵。婚后您就是国王，女王甘愿为王后。女王特地命令太师做媒，来请御弟爷爷呢！"

唐僧一听，惊得说不出话来。倒是八戒有点眼红："太师，我师父一心向佛，修为高得很，怎么可能贪你那些荣华富贵；你快办好手续，打发他西行，留我老猪在这儿成亲，怎么样？"

太师一看八戒那猪头猪脑的模样，连连摇头，说："这位长相太丑，我王看不上啊。"

悟空看不下去了，骂八戒："呆子，关你什么事！师父还没说话呢，捣什么乱！"

唐僧说："悟空，你说怎么办？"

悟空笑着说："师父，不然你就留在这儿吧。俗话说的好，'千里姻缘一线牵'，你和这女王也有缘分哪！只是这西天取经的事儿怎么办？"

太师见事情有了眉目，忙说："这你们不用担心，婚礼过后，我国马上给你们办好手续，归还关文，送三位徒弟上西天取经。"

悟空点点头："行，我们都是好说话的人。既然如此，师父就留给你们了。尽快选个好日子，把亲事办了，我们也好上路。"

太师一听，高兴得不得了，急急忙忙进宫复命去了。

唐僧没想到悟空是这种态度，生气极了："你这个猴头，说的什么话！你们上西天取经，我在这儿成亲，我就是死也不答应！"

悟空倒是不着急："师父，你放心，老孙我能不知道你心里想什么吗？我刚才只是将计就计。"

"将计就计？"唐僧不明白了。

悟空解释道："我们在人家的地盘上，若是嘴硬不肯答应，要是她们扣留了我们的关文，不放我们出城，那就麻烦了；如果运气差碰上一两个坏心眼的，下点毒药害我们，我们也插翅难逃。要说打架，老孙没问题；只是一国都是女儿家，你心肠又软，要是我们几个一时没轻没重，打死几个，你又要生气了！"

唐僧说："这话也有道理，只是她们女王硬要与我成亲，我一出家人，怎么推辞？"

悟空胸有成竹，与三人悄悄把办法一说，三人都恍然大悟了。

这边太师回去复命，女王一听，欢喜非常，即刻下令办置物品，选了一个最近的好日子，就要与唐僧成亲。到了那天，张灯结彩，敲锣打鼓，将唐僧师徒迎进宫内赴喜宴。

女王亲眼见到那唐僧，真是一见钟情，连忙扯住他："御弟哥哥这里坐，你我就要做对好夫妻啦！"

唐僧不敢回话，眼泪在眼眶里打转。倒是悟空劝解他："师父，你别烦恼啦！这里这么气派，还不好好享受享受？"唐僧没办法，只好落座。

宴席虽特别都准备了素食，但菜品仍十分丰富，正和了猪八戒的胃口。他也不管什么米饭、蒸饼、蘑菇、木耳、黄花菜、紫菜、芋头、山药，看到什么就往嘴里塞，就着菜喝了好几杯素酒，还不尽兴："来人！给我换大杯子！老猪再喝个几杯，完了各人干各人的事儿去啦！"

沙僧故意问："这么好宴席不吃，干什么事儿去啊？"

八戒说："这如今，嫁的嫁，娶的娶，取经的还该取经去，趁早打发关文，各人走各人的路咯！"

女王一听，忙命换上大杯，连敬师徒四人。悟空偷偷向唐僧使眼色，唐僧也回敬女王。

宴会结束，女王就要唐僧登基为王，唐僧连忙推辞："不行，这登基是大事，必须专门挑个日子。今天还是请女王先印发关文，打发他们几个出城去吧。"

女王满心以为好事将成，连连答应，当即办好手续；又取出一盘碎金碎银，作为路费。

悟空拒绝了钱财，说："我们出家人，不收金银。"

女王便拿出十匹绸缎，说："这些上好衣料，给各位路上做件衣服。"

悟空又拒绝了："出家人不穿绸缎，有个布衣穿穿就行了。"

女王见他们都不收，就拿出一袋米，说："那就请收下这三升米，路上也好做饭吃呀！"

八戒一听"饭"字，心就痒了，默默接过来，装进包袱里。

悟空看见了，就笑话他："你天天喊包袱重，现在倒有力气背米了？"

八戒笑着说："米吃吃不就没了，不重不重。"

唐僧见一切妥当了，就对女王说："请您跟我一起送他们三人出城，等我嘱咐他们几句，送他们走了，再回来与您做夫妻吧!"

女王不知是计,便摆驾与唐僧师徒一同到了城外。

悟空、八戒、沙僧收拾齐整,向女王告别:"我们走了,女王不必送了。"

谁知正说话间,唐三藏慢慢走下车来,也向女王告别:"陛下请回去吧,贫僧西天取经去了。"

女王大吃一惊:"御弟哥哥,你已答应与我成亲,喜宴也吃了,怎么反悔了?"

几个徒弟见已出城,露出凶相:"谁敢抓我师父成亲!"吓得女王一行人不敢出声。

原来,唐僧师徒四人合起来演了场好戏,骗回了关文,也保住了唐僧。

【博闻馆】

神秘的东方女儿国

在我国四川省和云南省边界,在美丽的泸沽(gū)湖畔,有一个特别的民族——摩梭族。他们至今仍保留着以女性为轴心的母系氏族大家庭,以奇特的走婚习俗闻名于世,被誉为"神秘的东方女儿国"。

所谓走婚,就是男不娶、女不嫁,男女终身都生活在自己的母系家庭里。一到夜晚,男方可以用约定俗成的方式敲开心仪姑娘家的房门,第二天早晨再回到自己家中劳动,双方都不是对方家庭的成员。有走婚关系的男女彼此称"阿肖"(音译)。

走婚习俗不受某种法律的约束,也不注重门第,更强调感情的纯粹性。当然，当地也有许多关于这种习俗的规定，如无论男女，一个人不能同时结交多个正式"阿肖"等。

摩梭族住在美丽的泸沽湖畔

真假孙悟空

孙悟空一时没忍住，打死了一群为非作歹的强盗。唐僧怪他杀生太多，不顾悟空苦苦哀求，硬是要将他逐出师门。悟空没办法，只好暂时离开了取经队伍。

平日里悟空踏着筋斗云，找水找食物都十分方便，这下他不在了，三人真是走得又饥又渴。唐僧只好让八戒、沙僧分头去找些吃的喝的，自己靠在一块石头边上等着。

正等得焦急，忽然一声响，吓了唐僧一跳。他扭头一看，只见孙悟空跪在旁边，双手捧着一杯水，说："师父，您渴了吧，先喝口水，一会儿我再给您找点吃的。"

唐僧明明渴得很，可这会儿气还没消呢，还是嘴硬："泼猴！我就算渴死，也不喝你的水！我不要你了！你走吧！"

哪知话音刚落，悟空就变了脸色，骂道："你这个狠心的和尚，凭什么骂我！"说完，就拿金箍棒往唐僧背上捅了一下，唐僧顿时晕倒在地。那悟空也不管不顾，拿起两包行李，腾云远去了。

过了一会儿，八戒与沙僧化缘回来，看到师父跌倒在地上，行李不见踪影，吓了一跳。他们慌忙将唐僧唤醒，一问，知道一切竟是大师兄干的，非常愤怒。

八戒气呼呼地说："这猴头，竟然这么无礼！看我去把行李抢回来！"

唐僧摇摇头："你俩本来关系就不好，你说话又重，要是一时争执起来，你打不过他。还是让悟净去吧！"又转头嘱咐沙僧，"你跟他好好说话，要是他不肯还行李，你也别吵闹，就去南海找观音菩萨帮忙。"

　　沙僧说："师父，我明白了。二师兄，你好好照顾师父。"说完，就往花果山去了。

　　沙僧紧赶慢赶，花了三天三夜，才到了花果山。远远听见孙悟空在那里念通关文书，忙上前高声喊叫："大师兄，你念师父的关文干什么呢？"

　　那悟空抬起头来，却不认识沙僧，问他："你是什么人，到我的仙洞来做什么？"

　　沙僧以为悟空变了心，不肯与他相认，便说："大师兄，师父之前只是一时生气，非要赶你走；你来送水，他也不识你的好意，都是他的错。不过师徒一场，徒弟没有怨恨师父的道理，你与我回去，跟师父好好说说，和解了就没事了，咱们还一起上西天；要是你实在还是恨师父，也求你把行李还我们，你在这花果山逍遥快活，咱们各走各的路吧！"

　　悟空只是冷笑，说："好师弟，你想的和我想的可不一样。这上西天取经，可是修成正果的大好事，我早已打算好，决定自己去了。不信你看，我连人手都准备好了。"

　　说完，把手一指，只见牵出来一匹白马，后面一个唐三藏，跟着一个猪八戒、一个沙和尚，都跟真的一般模样。

　　沙僧一看，怒从中来："我老沙好端端在这里，哪里又跑来一个沙和尚！"边说着，用杖狠狠一敲，就把那假沙僧打得见阎王去了。仔细一看，原来是个猴精。

周围的猴子们不干了，把沙僧团团围住。沙僧一看情势不妙，赶忙突围出去，上南海搬救兵了。那悟空也不来追。

又是一天一夜，沙僧到了南海，进到里面，正要拜见观音菩萨，只见孙悟空就站在旁边。他话也不说了，抄起杖就要打那猴王。悟空不知怎么回事，只好躲开。

菩萨忙制止："悟净，不要冲动。有什么事情，你慢慢说。"

于是沙僧就把事情经过详细讲了一遍。

悟空一听，糊涂了："胡说！我从师父那儿离开之后，就到了菩萨这里，一刻也没走开，不信你问菩萨。"

沙僧说："如今水帘洞里就有一个孙悟空，我怎么可能说谎！"

菩萨劝解道："既然这样，就让悟空跟你一起去花果山看看究竟，不就真相大白了？"

二人一听有理，便一同往花果山奔去。

有悟空的筋斗云，二人没一会儿就到了水帘洞，细细一看，洞内果然又有一个一模一样的孙悟空，正在那里喝酒作乐。

洞外这大圣，气得头发都竖起来了，早把沙僧扔在一旁，上前大喊一声："你是哪里来的妖怪，竟敢变成我的模样，占了我的洞穴，在这里作威作福！"

那猴王也不回答，只拿棒来迎战。两个悟空打起来，却是武功相当，难辨真假。一旁的猴子们都看得傻了眼。

这下沙僧也搞不清状况了，他喊道："大师兄，我错怪你了！你还是去菩萨那里分个真假，我先去回复师父，免得他老人家担心。"说完便匆匆离开了。

剩下两个孙悟空,这边一个说:"去菩萨那里,你敢吗?"那边一个说:"怎么不敢,你敢吗?"你一言,我一语,吵吵闹闹到了南海。

观音菩萨细看了半天,也分不出来谁真谁假,于是便暗暗念那"紧箍咒"。谁知两个悟空,不分先后,都一起喊起疼来。菩萨没办法,只好让他们去天界找众神断断。

于是就轮到玉皇大帝烦恼了,他跟众神仙讨论了半天,也没出个结果。突然灵机一动,下旨让托塔李天王取来"照妖镜",想让妖精现形。谁知镜子照来照去,镜中出现的依然是两个孙悟空的影子,丝毫没区别。玉皇大帝也没办法了。

这大圣吵着:"走!跟我见师父去!"那猴王闹着:"走!跟我见师父去!"等真到了唐僧面前,唐僧也拿不定主意;念那"紧箍咒",两个都像一般疼痛。早前沙僧已与唐僧说明情况,这下亲眼看见,唐僧也明白是自己误会了悟空。其中一个大圣叫道:"兄弟们,替我好好照顾师父,我去找阎王老子分辨!"两个悟空依旧不住地打闹,又往阴间去了。

自从上回悟空大闹地府,阎王还后怕着呢,这下一听两个齐天大圣闯进来,吓得不轻,忙出去迎接。其中一个悟空把事情说明后,让阎王查查生死簿,看看假猴王的来历。可是阎王查了半天,也没找到假猴王的名字;要查查猴类生灵,却发现当年悟空已把猴属一类全都勾了,这世间的猴子们早无名可查了。

　　正发愁间，一旁的地藏菩萨说："有办法了！让我的谛听试试听听真假吧！"

　　要说这谛听，是阴间一种非常厉害的神兽。凡是这世间生灵，只要他一听，就能够分辨善恶。

　　那神兽趴在地上专心听了一会儿，抬起头悄悄跟地藏菩萨说："我已听出这妖怪的名号了，但是现在还不能说破。"

　　"为什么？"地藏菩萨不解地问。

　　谛听说："那妖怪法力跟大圣差不多，我们这小小地府，恐怕压不住他。一旦说破，怕他在这里闹事啊！我看，能治他的恐怕只有佛祖了。"

　　地藏菩萨点点头，出去跟大圣说："你们两个实在太像了！必须要到如来佛祖那里，才能弄清楚啊！"

　　两个悟空一起说："说得对！我们这就去找如来！"

　　说罢，筋斗云一翻，就到了西天，两个只在如来面前争辩，说自己才是真的。

　　如来佛祖默默听了陈述，也不多说，只是微微一笑，问一旁的南海观音："菩萨，你看这两个悟空，哪个是真的？"

　　菩萨回答："前日在弟子那里，弟子也分辨不出；后来他们又去了天界、阴间，也不能辨认。今日还请佛祖帮他们辨明辨明。"

　　如来望着两个悟空，渐渐严肃了脸色，慢慢说道："六耳猕（mí）猴！你还不现出原形！"

　　那猕猴见被识破了身份，慌忙跳起来，想要逃走，却被如来丢的一个金钵罩住。等众人将金钵翻开，已现出原形，正是一个六耳猕猴。

大圣一看，忍不住一挥棒，打得那猕猴魂飞魄散。

事情真相大白，在菩萨的劝解下，唐僧师徒又和好如初，继续踏上取经之路。

【博闻馆】

神兽谛听长什么样子？

这一回故事中出现的谛听神兽据说是地藏菩萨的坐骑，民间也习惯称它为"独角兽"。由于"谛"在佛教用语中泛指佛法的道理，所以"谛听"的字面含义有用心聆听佛法道理的意思。

神兽谛听

能够辨明善恶是非的谛听，在民间常被作为吉祥物。现存的唯一一尊谛听存放在九华山文物馆，属于国家重点保护文物。独角的它长着狗的耳朵、龙的身体、老虎的头形、狮子的尾巴、麒麟的脚，集合了各种动物的特征，是中国四大佛山之一九华山的镇山之宝。

难越火焰山

光阴似箭，师徒四人渐渐走过了夏天，迎来了秋季。奇怪的是，明明正是金秋，他们走着走着，却觉得前方似乎有阵阵热气逼近。

正疑惑间，路旁出现一座庄园，墙是红砖砌的，门是红油漆刷的，放眼望去，四处都是扎眼的红色。

唐僧下了马，对悟空说："悟空，你去这户人家打听打听，看看这里是什么地方，到底为什么这么热。"

于是，悟空便依言敲开了园门，一个老头走了出来。

悟空的样子显然有些吓着了老头，他说："你是哪儿来的怪人？在我家门口做什么？"

"老人家，您别害怕。"悟空笑着解释说，"我们师徒是从东土大唐去西天取经的和尚，经过你们这儿，不知道为什么，天气热得厉害，所以来向您打听打听，这儿到底是什么地方？"

老头听了悟空的话，又看看不远处的唐僧，似乎不像是坏人，就将他们一行人都请进了庄园里。

"这个地方叫做火焰山。"一阵寒暄过后，老头对唐僧师徒说，"根本没有春夏秋冬的分别，四季都十分炎热。"

唐僧问："这火焰山具体是在什么方位，我们正要往西边走，不知有没有影响？"

老头摆摆手，说："西边走不了啦！那火焰山离这儿大约有六十里，正是西行的必经之路。山上都是熊熊火焰，连根草都长不了，人要走过去，根本不可能！”

师徒四人一听，都吓了一跳，不知该如何是好。

倒还是悟空脑子最灵活，他问那老头："若年年不下雨，你们种不了稻米，靠什么生活呢？"

老头答道："这得靠翠云山芭蕉洞的‘铁扇仙’帮忙。她有柄芭蕉扇，扇一下火灭，扇两下风起，扇三下雨落。我们这里人家，到要种稻米的时候，就拿了大礼去求她。"

悟空听了，心想："如果我借来这芭蕉扇，不就能过火焰山了？"拿定主意，话不多说，便问清楚翠云山的具体位置，乘云借扇去了。

转眼到了翠云山，悟空正找着芭蕉洞，突然看见一个樵夫，忙上前问路。

那樵夫说："你说的应该是铁扇公主，我们这儿都叫她罗刹女。她是牛魔王的老婆，就住在这条小路的尽头，你沿着路走，就能找到芭蕉洞了。"

悟空道完谢，就往前走，心里却一阵烦恼："糟糕！当年我降伏的红孩儿，正是这罗刹女的儿子。前阵子碰到他叔叔，就只吵着要找我报仇；今天遇见他爸妈，要借这扇子，恐怕比登天还难！"

烦恼归烦恼，要过火焰山，悟空也想不出别的解决办法，只得硬着头皮走到芭蕉洞口，喊一声："牛大哥，开门！我孙悟空来看您啦！"

里面罗刹女一听到"孙悟空"三个字，立刻怒气冲冲地走到洞外，喊道："你就是孙悟空？"

悟空鞠了一个躬，笑着问好："嫂子，正是我老孙。"

"谁是你嫂子！"罗刹女没个好脸色。

悟空仍是一脸笑容："嫂子，当年我跟牛魔王可是结拜兄弟，您是他妻子，当然就是我嫂子啦！"

"你既然跟我家有亲戚，怎么害我儿子！"罗刹女质问道。

"您儿子？"悟空故意装傻。

罗刹女说："我儿子就是被你降伏的红孩儿！我们正要找你报仇，今天你自己送上门，可别怪我不客气！"

悟空忙说："嫂子，您误会了吧。当年是您儿子捉了我师父唐僧，我才不得已出手的；再说了，他现在在观音菩萨身边做善财童子，前途好得很，您不谢谢我老孙，反而怪我，我真是太委屈了！"

罗刹女冷笑一声："哼，我儿子是还活着，只是现在我想见一面都见不到，不怪你怪谁？"

悟空陪着笑："嫂子要见他，有什么难的？您把芭蕉扇借我用用，等我师父过了火焰山，我马上去南海那儿把他请来让你们团聚，好不好？"

罗刹女骂道："泼猴！我才不信你。想要我的扇子，没门儿！要打就打，不要废话！"说完，就动起手来。

悟空见事情没什么转机，只好迎战。那罗刹女哪是悟空的对手，没多久就有些招架不住。忽然，她取出芭蕉扇，轻轻一扇，那齐天大圣顿时就无影无踪了！

这下大圣可尝到了芭蕉扇的厉害，他的身子仿佛不听自己使唤，飘飘荡荡地，竟到了灵吉菩萨的禅院。

悟空心想，当年就是这灵吉菩萨帮我打败了黄风怪，今天既然到了这儿，不如问问他有没什么办法。

思索间，已进到禅院里，灵吉菩萨一看是悟空，忙出来迎接。

等悟空把事情经过详细说完以后，菩萨便笑着从袖子里取出一个锦袋，说："这是当年如来佛祖给我的'定风丹'，你把它带在身上，不管那芭蕉扇怎么扇，也扇不动你啦！"

悟空接过宝贝，连连道谢，随后便立刻告辞，回到了翠云山。

这边罗刹女刚休息一会儿，又听到悟空在门外吵闹，心里十分惊讶："看来这孙悟空还真有几分本事，被我的扇子一扇，得到八万四千里外，才能停止；他怎么没多久就回来了？这回我得多扇几下，扇得他找不到回来的路！"她哪里知道，悟空一个筋斗云，就能走十万八千里呢！

罗刹女出了洞门，骂道："你这个泼猴不怕死？还敢来！"

悟空还是嬉皮笑脸的样子："嫂子，您就把那芭蕉扇借我用用吧！我保证用完马上就还。"

那罗刹女怎么肯借："我儿子的仇都还没报呢，还想要扇子，做梦！看老娘的剑！"双方又动起手来。

没几回合，罗刹女看形势不妙，又拿出芭蕉扇。谁知这回不管怎么扇，悟空就是纹丝不动。

悟空笑着说："这下不比刚才，管你怎么扇，我老孙要是动一下，就不算条汉子！"

罗刹女又使劲挥了好几下扇子，悟空果然一动不动。她顿时慌了神，忙逃回洞内，把洞门紧紧关上了。

这可难不倒齐天大圣，他将定风丹含在嘴里，摇身一变，就变成了一个米粒大的小飞虫儿，从门缝里进了芭蕉洞。

他看见那罗刹女气急败坏地叫道："渴死我了！快拿杯茶给我喝！"

一边的侍女忙端了一杯香茶递上，悟空见是个好机会，便偷偷飞到茶里，被罗刹女一口喝进肚子里了。

钻进罗刹女肚里的悟空现出了原形，他大声喊道："嫂子！借我扇子用用吧！"

罗刹女听见悟空的声音，有些惊讶，忙问："小的们，门都关好了吗？"

侍女答道："关好了。"

"既然关好了，这孙悟空怎么像在家里说话一样？"罗刹女有些糊涂了。

悟空又喊道："嫂子，我在这儿呢！"边喊着，边用脚用力一踢，踢得那罗刹女肚子一阵剧痛。

侍女们慌了手脚，忙扶起罗刹女："奶奶，声音在你肚子里呢！"

这罗刹女还没缓过劲来，悟空却不闲着，他又说："嫂子，你这扇子借不借啊？"说完，又用头往上一顶，顶得那罗刹女胸口钻心地疼。

"我借！我借！孙叔叔饶命！"罗刹女受不了疼痛，只能举起白旗——投降了。

悟空于是收住手脚，说："我看在牛大哥的面子上，今天就饶你一命。你快把扇子拿出来给我！"

罗刹女忙命侍女取来一柄芭蕉扇，说："叔叔，扇子在这儿呢！"

悟空这才从罗刹女口中出来，拿了芭蕉扇，大摇大摆地出了洞门。

扛着芭蕉扇的悟空回到庄园里，把拿扇子的经过对众人说了，众人都十分高兴。师徒四人谢过那老头，收拾上路了。

走到火焰山附近，天气炎热得像烤人。悟空飞到山头边，想用芭蕉扇灭火。谁知一扇，山上火光渐渐强起来；再一扇，火焰仿佛又更厉害几倍；又一扇，那火苗简直都要烧到人身上来。悟空忙往回避，还是不小心烧到了些毫毛。

这是怎么回事呢？

【博闻馆】

火焰山真的存在吗？

据说，《西游记》里的火焰山位于吐鲁番盆地的北边、古丝绸之路北道。相传当年孙悟空大闹天宫时，踢翻了太上老君的八卦炉，有几块火炭从天而降，恰好落在吐鲁番，就形成了火焰山。而因为山上红色的花岗岩反射阳光，所以又叫"红山"。

关于火焰山，维吾尔族民间还有一个传说。传说古时候有一只恶龙，专吃小孩子。当地最高统治者为了除害，特命勇士哈拉和卓去降伏恶龙。经过激烈的战斗，恶龙大败，带伤逃跑，鲜血染红了整座山。因此，维吾尔族人把这座山叫做红山，也就是我们现在所说的火焰山。

位于吐鲁番火焰山的碑刻

智夺芭蕉扇

前文提到悟空借来的芭蕉扇毫不管用，师徒四人正不知如何是好，突然听到有人叫道："大圣！大圣！"

悟空转头一看，只见一个老人手里挎着一个篮子，里面放些蒸饼、糕点、米饭，缓缓走来。

走到师徒几个跟前，老人鞠了一个躬，说："我是火焰山的土地公，知道大圣保护唐僧西去取经，在这儿困住了走不了，特地备了些粮食，请各位享用。"

悟空一听，连忙道谢，但眉头依然紧锁："饭固然是要吃的，不过如今这火灭不了，我师父怎么过去呢？"

土地公说："要灭这火，得找罗刹女借芭蕉扇才行。"

悟空无奈地捡起丢在一边的扇子，说："这不就是那芭蕉扇？根本没用！"

土地公看了看，笑着说："这扇子不是真的，看来您是被骗啦！"

"啊？"悟空吃了一惊，说，"怪不得！那怎么才能拿到真的呢？"

"要拿真扇子，您得去找牛魔王。他本是那罗刹女的丈夫，两年前，却抛弃了罗刹女，在积雷山摩云洞里与狐王的女儿玉面公主做夫妻，已经很久没有回来了。大圣您只有找到他，才有办法过火焰山。"土地公说。

悟空一听，说走就走，往积雷山去了。

不到半个时辰，大圣已踏上积雷山的土地，他也无心观赏那山上的好风景，忙着寻找摩云洞。

忽然，他看见一个美丽女子正在路旁采花，便上前行礼："女菩萨，请问摩云洞该怎么走？"

女子抬起头来，看悟空的样子恐怖，有点吓着了，吞吞吐吐地说："你……你是什么人？找摩云洞干什么？"

悟空正要说明，转念一想："不行，我要是实话实说，怕见不着牛魔王，不如先打探打探情况。"于是，便笑着说："我是受翠云山芭蕉洞铁扇公主的命令，前来此地请牛魔王的。"

谁知那女子一听，气得耳根子都红了，骂道："这不要脸的女人！我家这两年给了她多少金银珠宝、绫（líng）罗绸缎，米、柴供给从未断过，用我的东西，还好意思来请我的男人！"

悟空听了这话，知道这女子就是玉面公主，当下掏出棒，大吼一声："你用钱财套住别人丈夫，还好意思骂人！"

这一吼把玉面公主的魂都吓没了，她急急忙忙回了洞府，向牛魔王哭诉，说是有人欺负她。

牛魔王好话说了一箩筐，才稳住了这美人儿，随即出门看看到底是何方神圣。

悟空见牛魔王出了洞府，忙上前笑着说："大哥，还认识小弟么？"

牛魔王见是悟空，倒也还有礼貌："这不是齐天大圣么？你不好好去西天取经，反而害我的儿子，我正气你呢，你倒自己找上门来了；刚刚还欺负我的爱妾（qiè），这是什么道理啊？"

悟空好言好语地说："大哥，红孩儿的事情我解释了好多遍，真不是我的错，他要吃我师父，我不能不动手啊；再说了，他做善财童子，不也没什么不好嘛。刚才我不认得那是二嫂子，一时冲撞了，您就原谅小弟吧！"

到底是个男子汉，牛魔王似乎还有点气量："算了算了，我看在往日的情分上，今天就不跟你计较了，进屋里来吧！"

见牛魔王的态度有所好转，悟空连忙把之前在火焰山借扇子碰壁的事儿给说了。

没想到牛魔王一听，又变了脸色："你这猴头，原来是想要我家的宝贝！不用说，肯定是先欺负完我老婆，没办法了才来找我；刚刚又吓唬我的爱妾，真是该死！别废话了，吃我一棍！"

说完，抄起家伙，就劈头向悟空打去，悟空只得应战。

双方大战近一百个回合，还未分胜负。正打得激烈，只听山峰上有人喊叫："牛爷爷，我家大王派我来请您，让您快点去！"

牛魔王于是停住手，说："猴头！我这会儿赶着去一个朋友家里做客，回头再跟你打！"说完，就回洞内换件衣服，踏上"避水金睛兽"，往西北方向飞去。

悟空看着牛魔王远去，心想："不知道这家伙又交了什么朋友，老孙也要一起去看看。"于是化作一阵清风，悄悄跟着牛魔王，不久就到了一湾水潭边。那魔王骑着神兽，径自入水去了。

聪明如悟空，也变成一只螃蟹，扑通一声跳进水里，跟随着到了潭底。只见潭底一座晶莹剔透的牌楼，楼下正拴着那"避水金睛兽"。耳边传来阵阵说笑声，大概牛魔王正在里间大吃大喝呢！

悟空现出本来样貌，转了转眼珠子，一个主意涌上心头。他摇身一变，变成了牛魔王的模样，跨上牛魔王的坐骑，往翠云山奔去。

没多久，就到了芭蕉洞前。悟空大叫一声："开门！"出来两个侍女，一看是牛魔王的嘴脸，像是遇见了天大的喜事，急忙进去通报罗刹女："奶奶，爷爷回来了！"

罗刹女一听，高兴得都快跳起来了，立刻一路小跑，出去迎接。

这"牛魔王"假装对罗刹女非常关心，问长问短。罗刹女忙让手下人准备了一桌好吃的，两人一边喝酒，一边聊天。说话间，就提到孙悟空来借扇子的事情。

罗刹女眼中含着眼泪，诉苦道："你不在，我被那猴子弄得差点命都没了。"又把悟空在她肚子里闹腾的事情说了一遍，"我疼得没办法，只好把扇子给了他。"

"可惜！可惜！我家的宝贝，怎么就落到那猴子手中！"
"牛魔王"故意唉声叹气。

那罗刹女却乐呵呵地说："放心，扇子我收着呢，给他的是柄假扇子。"

"牛魔王"问："那真扇子你放在哪儿了，快给我看看！"

罗刹女一边笑着，一边从嘴里吐出一枚小扇，只有一片叶子大小，递给"牛魔王"："你看，这不是？"

悟空接过来，心里琢磨着："这扇子这么小，怎么灭火，难不成又是假的？"

罗刹女看"牛魔王"望着宝贝沉思，又端起一杯酒，轻声细语地说："亲爱的，别看了，咱们喝酒吧。"

悟空趁机问："这么小的玩意儿，怎么把那火焰山的大火给扇灭啊？"

仗着酒劲，罗刹女也没多防备，就把秘密透露了出来："大王，两年不见，你怎么把自己家宝贝的事情给忘了呀！"说着，念声咒语，那小扇顿时变大几倍。

悟空默默把咒语记在心里，夺过扇子，就现出本来模样："罗刹女！你好好看看我是谁！"

这下可把罗刹女吓得不轻，她气急败坏地想抢回扇子，悟空却一阵风似的溜了。

【博闻馆】

多愁善感的芭蕉

芭蕉是中国古代诗词中常出现的意象，常常与孤独，特别是离别的忧愁联系在一起。

杜牧《芭蕉》一诗用芭蕉寄托思乡之情："芭蕉为雨移，故向窗前种。怜渠点滴声，留得归乡梦。梦远莫归乡，觉来一翻动。"李清照的《添字采桑子》通过描写芭蕉树的情态，将孤单无声无息地表现出来："窗前谁种芭蕉树，阴满中庭。阴满中庭，叶叶心心，舒卷有舍情。"吴文英的《唐多令》更是直接抒发了芭蕉所代表的离愁别绪："何处合成愁？离人心上秋。纵芭蕉，不雨也飕飕。"

芭蕉多愁善感的气质，就这么通过一代代文人的描写刻画，拥有了独特的艺术生命。

芭蕉扇因为扇形像芭蕉叶片而得名

路阻小西天

秋去冬来，经过一冬寒风，日子又走到了早春时分。唐僧师徒经过一座高山，山上远远传来钟鼓声。

唐僧用手一指，问道："徒弟们，看看前方是什么地方？"

悟空抬起头，只见一座寺庙坐落在山顶上，但周围气氛似乎有点古怪。他说："师父，那里是座寺院，只是不知为什么，好像有些凶气。一会儿我们经过的时候，千万要小心，不能轻易进去。"

唐僧笑着说："悟空，你也太多疑了吧。既然是个寺院，总不会是个坏地方，我们去看看吧。"

八戒、沙僧都支持唐僧的意见，悟空拗（niù）不过，只得跟随众人到了寺庙前。

只见寺庙上挂着一块牌匾，上面写着"小雷音寺"四个大字。唐僧一看，笑着说："既然是小雷音寺，必定跟雷音寺有点关系；我一向诚心，遇见佛像是一定要拜的，今天怎么能错过呢？"说完，不顾悟空的劝阻，走进了寺庙。

刚走没多远，只听见寺院里传来一个声音："唐僧，你从东土来拜见佛祖，怎么这么怠慢啊？"

唐僧一听，连忙下跪。八戒、沙僧跟在后面，也赶紧趴下磕头。只有悟空仍然十分警觉，仔细观察四周。

唐僧几个就这么一路边拜佛边行走，走进了如来大殿。这如来大殿仿佛就像真的雷音寺一般，也有五百个罗汉、三千个揭谛（护法神之一）、四大金刚、八位菩萨以及无数的圣僧、道者，整整齐齐地列在两边。

忽然，端坐在莲花座上的"如来"大喊一声："孙悟空，你好大胆！见到如来佛祖，怎么不跪下？"

悟空用火眼金睛仔细一看，发现那"如来"是个假的，立刻掏出金箍棒，喝道："你这妖精才大胆，竟然敢假扮佛祖！看我老孙收拾你！"说着，就要上前打那"如来"。

哪知突然间叮当一声响，从半空中落下一副金铙（náo），把悟空整个人都罩在里面。

这下糟糕了，八戒、沙僧急忙拿出武器，可周围一大堆"圣僧""道者"，怎么打得过；没一会儿，连同唐僧，三个人都被绑起来了。

原来，那莲花座上的"如来"是妖王变的；周围的所有"神仙"，则是妖王手下的小怪。他们都是冲着唐僧肉来的，既然唐僧已经抓住了，便恢复了本来样貌，准备等三天三夜之后，悟空在那金铙里化成血水，再好好享用唐僧肉。

这边悟空被压在金铙里，黑漆漆的，十分燥热，不一会儿就满身大汗。他用尽力气，左边拱拱，右边撞撞，又拿起金箍棒一阵乱打，金铙却没有一丝一毫的摇动。他默念口诀，把身体拉长成千百丈高，想冲破铙顶，谁知那金铙却跟他一起升高；又把身子缩小成只有菜籽儿那么小，想从缝里逃走，那金铙也跟着他同时缩小。

悟空想来想去，从脑后拔下两根毫毛，叫声"变!"变出个钻头，用金箍棒撑着，使劲钻那金铙，可空空地只钻出了响声，铙壁没有一点儿损失。

这可让齐天大圣没法子了。他突然想起之前观音曾安排一些小神暗中保佑他们师徒取经，便念声咒语，将那些揭谛、护法全召唤出来。

那些小神隔着金铙喊话："大圣，我们都忙着保护师父不受妖怪伤害，你又把我们召唤过来做什么呀?"

悟空说："师父一时半会儿应该没事，你们快想办法帮我把这该死的铙掀开。这里面没半点光亮，又热死人了，再关一会儿，还不得把我给闷死?"

小神们连忙一起动手，可是用力搬了半天，金铙仍然纹丝不动。为首的金头揭谛对悟空说："大圣，我们能力有限，实在掀不动。我这就去天界求玉帝帮忙，你千万撑住啊!"

说完，金头揭谛就让其他小神回去保护唐僧，自己往天界去了。

玉帝得知悟空被困，立刻传旨让二十八宿星辰前去救援。

那二十八星宿到了金铙边上，研究了半天，决定用兵器撬（qiào），他们对悟空说："大圣，我们一会儿一旦撬出一点儿缝隙，你就赶紧出来啊!"悟空连连答应。

于是，他们有用枪的，有用剑的，有用刀的，有用斧头的，各自扛的扛，抬的抬，掀的掀，全都使劲全力撬那金铙。这么一直弄到半夜三更，还是没成功。

其中一位叫亢（kàng）金龙的星宿头上长着一只角，他朝金铙里喊："大圣！不然这样吧，我试着用角顶顶有缝隙的地方，你找机会脱身啊！"

说着，就拿那像针尖一样细的角尖去顶，也不知花费了多少力气，才穿透铙壁，可金铙还是没松动。

悟空摸摸那角尖，想了个办法，他说："你忍着点疼啊！"之后在角尖处钻了一个小孔，又把身体变得只有菜籽儿大小，躲进孔内，叫一声："把角拔出去吧！"

又是好一阵费劲，亢金龙好不容易才将角拔出来，累得瘫倒在地上。

悟空总算是脱身了，他现出原来样子，用棒子一下就把那金铙敲得粉碎。而一声巨响也把熟睡中的老妖王和小妖们吵醒了。

妖王吩咐小妖们关好大门，随即拿上狼牙棒，出来应战孙悟空。

悟空问那妖王："你到底是什么怪物，竟敢假扮佛祖！"

妖王冷笑着说："你连我都不认识！告诉你，这里叫小西天，因为我修行成了正果，上天赐给我这宝楼。我的名字叫黄眉老佛，这儿的人都叫我黄眉大王、黄眉爷爷。你若打得赢我，我就放你们师徒走；若打不过，就只好拿命来啦！"

悟空自然不服输："妖怪，你不要嚣张！动手吧！"立刻就是一场大战。

大约五十回合，还没分出胜负。那二十八星宿和小神们都来帮助悟空，把妖王围在中间，一旁观战的小妖们都有些担心起来。

那妖王却一点也不害怕，他从腰间解下一条旧旧的白布口袋，往空中一抛。只见那口袋变得巨大，一口气把孙悟空、二十八星宿和小神们全装进了口袋里。妖王大获全胜。

回到妖穴中，老妖让小妖把抓来的俘虏一个个都用麻绳绑好，随后就大摆宴席，庆祝胜利，喝酒作乐到半夜，才各自睡去。

悟空见妖怪们都睡了，偷偷使个法术，把身体稍稍缩小，绳子自然脱落下来。他又悄悄把其他人的绳子都一一解开，却怎么也找不到行李。那行李里不仅有通关文牒，还有唐王赐的袈裟和紫金钵，全是宝贝，不能丢失。

八戒说："猴哥，不然你去找行李，我们先走一步，在路上等你。"

悟空点头答应了，先看着众神护着唐僧逃往大路，随后偷偷在楼里寻找包袱。他知道那袈裟上绣着夜明珠，晚上会闪光，还不同于一般烛光，所以留心查看。没一会儿，就在三楼的一间房子里找到了行李。

一看到包袱，悟空心里非常高兴，挑起行李担子就走。谁知走得太匆忙，那扁担不稳，一头的东西掉了下来，发出响声，把睡在楼下的妖王给吵醒了。悟空一看情况不妙，也顾不上什么行李了，慌忙从窗子里逃走。

那妖王醒来，立刻让手下人查看情况，发现唐僧等人都逃跑了，急忙带着一群小妖去追。没多久就在大路上发现了他们，自然又是好一阵打斗。

悟空随后赶来，也加入了战局。正打得激烈，眼尖的他突然发现妖王使了个眼色，那些小妖们都快速退下，妖王却又从腰间掏出了那个白口袋。他忙大叫一声："不好！快走！"也管不了别人，立刻翻了个筋斗云，逃走了。

可怜那八戒、沙僧和小神们还没搞清楚怎么回事，就又都被装进那个口袋里，抓了回去。

悟空虽然逃出来，却不知道该如何去救师父，心里十分伤心，独自一个人对着天空唉声叹气。忽然，西南方向走来一个人，对悟空说："悟空，你还认识我吗？"

不知来的人究竟是谁？他能不能帮助悟空打败妖王呢？

【博闻馆】

什么是金铙？

在这一回故事中，孙悟空被妖王困在金铙里，费了好大的劲才逃脱。

那么，金铙到底是什么呢？

铙，其实是一种打击乐器，产生于商周时期，统称铙钹（bó）。这种器具最早的用途是在行军的时候传递号令，

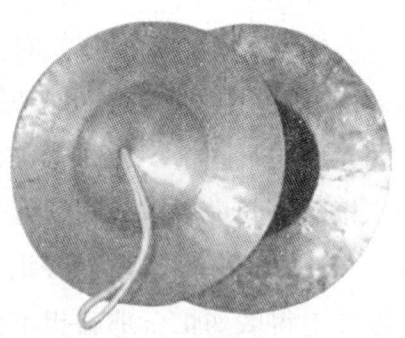

金铙，一种打击乐器，统称铙钹。

明清以后则逐渐成为戏曲演出的常用乐器。演奏时，双手各持一面互击，有轻击、重击、磨击、扑击等手法。

在古代传说和神话文学作品中，铙也被作为菩萨、仙家的一种法器。

在福建省建宁县内，还有一座金铙山，因闽越王在山上打猎时遗失一面金铙而得名。

瓜田捉妖王

悟空转头一看，连忙行礼：“弥勒佛，你怎么来了？”

弥勒说：“我这次来，就是为了捉那小雷音寺里的妖怪。”

悟空一听，顿时眉开眼笑：“真的吗？真是太感谢您了！不知道那个妖怪到底是从哪里来的呢？”

弥勒叹了一口气，说：“他是我手下的一个黄眉童儿。今年三月三日，我有事出门，让他看家。没想到他居然偷了我的几件宝贝，在外面为非作歹。”

悟空这才恍然大悟：“原来这妖怪是你家的啊！不过，他现在有了你的那些宝贝，本事可大着呢！你手上也没有个厉害的武器，怎么打得过他呢？”

“这有办法，你看这山坡下头，有一田的瓜果。到时候，你只要把那妖怪引过来，然后……”弥勒在悟空耳边悄悄地把计谋说了。

悟空点点头，说：“你这办法好是好，只是，那妖怪怎么就肯跟着我来呢？”

弥勒笑着说：“这也不难，我教你一个法术。”说着，用右手食指在悟空掌心写了一个“禁”字，“那个妖怪只要看到这个字，不来也得来！”

这下悟空胸有成竹地回到了小雷音寺，在门外大声喊叫："妖精，你孙爷爷又来了！还不赶紧出来拜见！"

妖王出来看到悟空只是孤身一人，笑着说："你也没找个帮手，就想跟我斗！看来这回是不要命了呀！"

"啰嗦！吃老孙一棒子！"悟空一手拿着金箍棒，朝那妖怪打去。

妖王注意到悟空只用一只手拿着棒，又乐了："你一只手拿棒子，玩什么花样啊？"

悟空故意冷笑几声，用嘲笑的语气说："儿子！你根本不值得我用两只手跟你打！要是不用那个什么白布口袋，就算再来几个你，也打不过只用一只手的老孙！"

妖王果然中了悟空的激将法，气呼呼地说："我今天还就真不用宝贝，实实在在地跟你打一场，分个胜负！"当下举起狼牙棒，要和悟空决一生死。

悟空心里自有打算，只以一半功力应战，找了个机会，就假装战败逃走。那妖王也没多想，只是追赶着，就这么追到山坡下面。

走到瓜田附近，悟空连忙打一个滚钻到田里，变成一个又熟又甜的大西瓜。

那妖王停住脚步，不知悟空跑到哪里去了，只是四处张望，看到满地诱人的瓜果，不禁有点口渴。

这时候，一个种瓜的老头走过来。妖王忙喊住他："喂！这瓜是你种的吗？"

老头答应着："大王，是小人种的。"

"有熟的吗？切一个给我解解渴。"妖王问。

老头一边说："有的，有的。"一边摘下刚才悟空变的那西瓜，递给妖王。

妖王也没细看，接过瓜来，张口就要啃。悟空趁机跳进妖王喉咙，在他肚子里大闹一场。

这下可把那妖王疼得满地打滚，连连求饶："谁来救我！谁来救我！"

这时候，那个种瓜的老头摇身一变，竟然是弥勒佛——原来，让妖王吃下悟空变的瓜，就是弥勒教给悟空的计谋。

妖王看到弥勒，慌忙跪在地上，双手捂着肚子，一个劲地磕头："主人！我错了！饶了我吧！饶了我吧！"

弥勒把妖怪腰间系的口袋摘下来，又夺了他的狼牙棒，这才说："悟空，看在我的面子上，饶了他吧。"

悟空还不解气，又踢了两脚，才让妖王张开嘴，飞了出来。

弥勒把那妖怪装进口袋里，骂道："你这畜生！把我的金饶偷到什么地方去了？"

妖怪在口袋里有气无力地说："金饶被孙悟空打破了。"

弥勒转过脸，对悟空说："走！我跟你回去，你救你的师父，我收我的金子。"

于是，两人一起回到小雷音寺，收拾完剩下的小妖怪，把绑着的唐僧、八戒、沙僧和其他神仙们都放了。

大难不死的唐僧师徒又踏上了西行的道路。

【博闻馆】

弥勒佛造型的演变

弥勒佛的"弥勒"二字，是梵文的音译，翻译过来有慈悲的意思，因此，弥勒佛又被称作慈氏菩萨。

　　现在可见的最早的弥勒佛形象大概是从十六国时期流传下来的，那时弥勒佛的造型是一个交脚而坐的菩萨；到了北魏时期，就演变成为禅定式或倚坐式穿着佛装的形象。

　　我们今天所熟悉的弥勒佛造型，大约在五代时期开始出现。那时的弥勒变成一个肥头大耳、整天笑嘻嘻、身边系着一个布袋、袒胸露腹、盘腿而坐的胖和尚，少了庄严的宗教意味，却多了几分生活气息。据传，这个造型的原型是后梁时期一个自称弥勒化身的僧人，也就是传说中的布袋和尚。

我们今天所熟悉的弥勒佛造型

驼罗降蛇妖

逃 过了小西天的一劫，唐僧师徒悠闲地一边走着，一边欣赏春天的风景。

眼看着天就快要黑了，他们正发愁晚上睡哪儿，眼前就出现一座山庄。于是，唐僧决定前去借宿一晚。

敲开门，一位拄着拐杖的老头走了出来，问："你们是什么人？"

唐僧鞠了一个躬，恭恭敬敬地说："老人家，我是从东土去西天取经的和尚，这几位是我的徒弟。这天马上就黑了，我们想在您家借宿一晚上，不知道方便不方便呢？"

那老头一听，连忙摆摆手："你们要去西边？不行啊！我们这里去西边必须经过一座七绝山，山上有许多柿子树，因为这附近人烟稀少，柿子熟了也没人采，只能白白掉在地上烂掉。这么年复一年的烂柿子堆积在路上，风吹日晒的，渐渐就奇臭无比，别说人了，就算是动物经过，也要熏晕过去。"

悟空一听，忍不住说："你这老头真奇怪了！要是你不想让我们住你家，就直说好了，干嘛说这些话来吓唬人！"

老头看了看悟空的样貌，嘴也不饶人："你这人，长得这么丑，还好意思顶撞老人家！"

悟空倒笑了："老先生，你别以貌取人啊！我是长得丑，不过，要是说起捉妖怪来，我可是一等一的高手！"

老头听了这句话，忽然就变了态度，恭敬地把师徒四人请进家里，拿出好饭好菜招待。

悟空他们正感到奇怪，老头就把态度转变的缘故给说了："我请各位进来，其实是有个请求。我姓李，我们这里叫做驼罗庄，一向平安富足，可前不久，突然出了个妖怪。刚才听说这位长老擅长捉妖，所以想拜托几位为庄上除害！"

"老人家，你说详细些。"悟空来了兴趣。

"三年前的六月份，我们庄上的人都在田里劳动。忽然起了一阵大风，我们也只当是变天了，没多想。没想到风过的地方，无论牛马猪羊，还是男女老少，全被一个妖精给吃了。从此以后，那妖怪就常常来庄上作怪。我们不知花了多少钱财，请了多少和尚、道士，全都没用！"说完，李老头不禁掉下泪来。

悟空轻松地说："老人家，没关系，我帮你抓住他就是。"

李老头一听，十分高兴，连忙叫来附近邻居的几位老先生。众人得知有高僧愿意抓妖，都立刻聚集起来。

李老头对悟空说："长老，等事情成功了，我们一定拿重金感谢你。"

悟空摇摇头："我们出家人有戒律，绝不能收别人的钱。"

老先生们一听，感激得不行："那您的大恩大德，我们怎么报答呢？"

"说什么报答，出家人，只要给点茶水米饭，就是感谢了。"悟空淡淡地说了一句。

还没等老先生们回过神来，只听见门外刮起一股大风，呼呼作响。

李老头连忙让唐僧几个进里屋去，声音也因为害怕变得颤抖了："妖精，妖精来……来了……"

八戒和沙僧也要跟着进屋，被悟空一把抓住："你们两个胆小鬼！走！跟我去看看是什么妖怪！"说完，硬是把两人扯到天井里站着。

风势越来越大了，悟空仔细看风中的异常，忽然发现半空中隐约露出两盏灯的样子。他嘱咐八戒、沙僧保护师傅，跳到空中，跟那妖精正面相对。

悟空拿着金箍棒，问那妖精："你是从哪儿来的？报上名来！"

妖精却不答话，只是挺起身体，拿着一根长枪乱舞。悟空又问了一句，妖怪还是不答应。

悟空笑了："敢情是个又聋又哑的家伙！"于是，拿起棍子与妖精打起来。

这么一直打到三更半夜，也没分出个胜负。八戒在天井里看了半天，也有些手痒，便对沙僧说："我去帮帮忙，免得这猴子又把功劳抢了！"说着，飞到空中，加入战局。

又过了一阵子，天边渐渐发白。那妖精见天要亮了，急忙转头要逃。悟空、八戒紧紧追赶，忽然一阵恶臭扑鼻，原来是到了传说中的七绝山。

八戒忍不住直叫唤："臭死了！臭死了！"

"快追妖精！"悟空仍不停住脚步。

突然，妖精现出原形——原来是一条大蟒蛇！

蟒蛇的老窝就在山上，它一头钻进洞里想逃跑；这时候，八戒正好一钉耙钉住蟒蛇尾巴。他使劲往外拉，想把蛇头拉出洞来，却怎么拉也拉不动。

悟空看了看情况，对八戒说："呆子，你松手放它进洞，我有办法抓他！"

八戒听话松了手，却立刻就后悔了："哎呀！不放手的话还能抓住半截，现在它进去肯定不出来了！"

悟空笑着说："你看，这蟒蛇的身体这么大，洞又这么小，转个身都难，肯定得直着走。所以，这洞肯定有个后门。我在这里守着打，你去后门拦截，还抓不住它？"

八戒立刻一溜烟跑到后面，果然发现一个洞穴。还没等他站稳呢，悟空就从前面打了那蟒蛇一棒子，蟒蛇疼得从后门直直地钻出去，正好把八戒顶得跌了一跤。

悟空用棍子探了探，确定洞里没东西了，便转到后面看情况。

八戒正捂着屁股坐在地上，一看悟空来了，面子上过不去，连忙忍着疼站起来，拿着钉耙到处乱打。

悟空顿时笑出声来："呆子！妖怪都跑了，你打谁呢？"

八戒倒也有借口："老猪在这里'打草惊蛇'！"

"行了！行了！快追吧！"悟空拉上八戒，又去追那妖精。

等赶上妖精，那蛇妖已做好准备，张开大口，朝八戒扑过来。

八戒吓得连忙往后退，谁知悟空却故意走到前面，被那蟒蛇一口吞下。

"猴哥啊！你不要死啊！"八戒以为悟空死了，大哭起来。

没想到妖精肚子里传来一个声音："八戒别伤心，我叫它搭个桥给你看！"

顿时，那妖精直着腰，就像一座笔直的桥梁。

八戒知道悟空没事，顿时笑开了："猴哥，虽说确实像桥，可没人敢走啊！"

悟空在妖精肚子里玩开了："那我叫它再变个船儿给你看！"说着，就拿金箍棒撑着蟒蛇的肚皮。那蟒蛇肚皮贴在地上，翘着头，还真像艘小船。

八戒说："确实像船，可是没有桅杆啊。"

"行，你让开路，我给你变个桅杆！"悟空说完，用力把棒子在蟒蛇肚子里撑起来，就像撑起一条桅杆。

这么折腾了半天，那蛇已疼得受不了了，尽力往前一窜；还没窜出去多远，就一命呜呼了。

悟空从蛇皮上穿了一个洞，钻出来。之后，便与八戒领着妖怪尸体，回驼罗庄去了。

庄上的人看悟空打死了妖怪，都十分感激，恨不得拿出所有东西来招待唐僧师徒；得知他们要往西边去，就抢着要为他们开一条新路。

悟空却说："你们的心意我领了，只是那山路有八百里，你们都是凡人，又不是大禹的神兵，怎么会开山凿（záo）

路？你们只要多去准备些饭菜，等我这八戒师弟吃饱喝足，变成一只大猪，把道路拱干净，我们就可以过去了。"

八戒一听，满心不情愿："猴哥，你们知道爱干净，脏活儿就给我老猪干!"

唐僧连忙劝他："八戒，你有本事把这山路拱干净了，我算你头号的功劳!"

八戒这才点头答应："既然师父开口，老猪只好干干，领这臭功劳啦! 不过，饿肚子我可不干。"

众人连忙拿出一堆粮食，让八戒狠狠地吃了个饱。之后，变了个大猪，还真把山路拱得干干净净。

妖也除了，路也清了，唐僧师徒心满意足地上路了。

【博闻馆】

关于蛇妖的美丽传说

这一回故事中出现的蛇妖，是个又聋又哑的可怕家伙；然而，并不是所有民间传说故事中的蛇妖都是恐怖的妖怪。家喻户晓的白素贞与许仙的故事，就是一个关于蛇妖的美丽传说。

白素贞与许仙的故事，长久以来都在民间口耳相传；一直到明末小说集《警世通言》，故事情节基本定型：修炼千年的白蛇妖白素贞带着侍女青蛇妖，在西湖巧遇药店主管许仙，同船避雨，一见钟情，后结为夫妻。经过几番波折，白蛇、青蛇现出原形，被金山寺和尚法海镇压于雷峰塔下。

这个传说经过后世加工，逐渐演变成一个凄美的爱情故事，许多影视作品争相改编。白素贞与许仙的爱情也感动了一代又一代的观众。

白素贞被压在雷峰塔下的传说曾感动无数人。图为二十一世纪重建的雷峰塔。

朱紫国行医

师　徒四人又来到了一个新的国度——朱紫国。唐僧
入宫拜见国王，调换关文，留下几个徒弟在旅馆
里自己打发时间。

转眼到了该吃饭的时候，八戒嚷嚷着肚子饿，沙僧说：
"饭倒是好煮，只是没有油盐酱醋，怎么煮菜呢？"

悟空说："我这有几文钱，让八戒去买点调味品吧。"

八戒不愿意："我长这个样子，才不到街上瞎转悠，回
头闯了祸，又要被师父骂。"

悟空故意逗他："刚才走在街上的时候，我看到不少摊
位卖好吃的，不如，我请你尝尝去？"

八戒一听有吃的，立刻点头同意。沙僧也知道悟空是要
八戒玩玩，就任由他们俩上街去了。

这街上好吃的东西确实不少，可是经过了一间又一间茶
馆、一家又一家饭店，悟空愣是没有一点想进门的意思。

八戒可着急了："猴哥，要不咱就在这儿随便吃点吧。"

悟空本来只是想逗他玩，怎么可能真的掏钱，搪塞着：
"别急啊！前头还有更好吃的呢！"八戒只好跟着他往前走。

走着走着，只见前面一堆人聚集在一起，仿佛在看什么
热闹。悟空起了好奇心，让八戒在一边等着，径自走过去看
看发生了什么事情。

原来，人群都挤在那儿看墙上贴的皇榜。皇榜上说朱紫

国国王病重，召集各地神医入宫医治。

悟空心想："这事儿有点意思，反正闲着也是闲着，老孙就去当个医生玩玩。"于是，默念咒语，使了个隐身法，悄悄把皇榜揭了，却又故意吹起一阵风，趁风起的时候把皇榜偷偷塞进八戒怀里。

那些看榜的百姓见一阵风吹没了皇榜，正奇怪呢，突然看到八戒怀中露出一角黄纸来，忙上前问他："你揭了皇榜？"

八戒一头雾水，慌忙想从人群中逃开，却不小心把皇榜掉在地上。

这下连一旁的士兵都看得清清楚楚，上前把八戒一把抓住："你既然揭了皇榜，肯定医术高明，快跟我进宫见国王去！"

八戒吓得连连摇头："这不是我揭的，肯定是我师兄孙悟空故意揭了放在我这儿。你们要不信，跟我回旅馆问问就知道了。"

几个士兵商量了一会儿，便答应跟八戒一起回旅馆。

这边悟空正在旅馆里和沙僧说笑呢，八戒一头钻进屋里，扯住悟空说："你这个人怎么这样！骗我去买吃的，结果吃也没吃着，反而弄了个皇榜在我这儿，叫我出丑！你算什么兄弟啊！"

悟空玩也玩过了，稍稍安慰了八戒，就对一同来的士兵说："这皇榜确实是我揭的，你们去告诉你们国王，如果他亲自来求我，我肯定能把他治好。"

士兵见悟空这么有信心，急忙进宫汇报。

国王正在宫中会见唐僧，听说有位神医揭了皇榜，恨不得马上与他见面。只是身体实在太过虚弱，只好命令朝中大臣们代替自己，去请神医进宫。

　　等到悟空进宫之后，唐僧才得知原来自己徒弟就是神医，心里默默为悟空捏了一把汗。

　　国王有气无力地问："哪位是神医孙长老？"

　　悟空上前，大声回答："老孙就是！"

　　国王听那声音十分凶恶，又抬头一看，猛地被悟空的长相吓了一跳，直接跌坐在椅子上："吓……吓死我了！"一边的侍女们连忙把他扶进内宫里。

　　经过这一吓，国王就怎么都不同意让悟空为他把脉了："让他走吧！我怕见陌生人！"

　　太监们只好出来对悟空说明情况。

　　谁知悟空竟然有办法："这没关系，我会'悬丝诊脉'，国王不用看到我，我也能给他把脉。"

　　国王听说后，觉得这方法十分新鲜，决定试试。

　　倒是唐僧非常紧张，背地里拉住悟空，说："你这泼猴，哪会治病？别闯祸啊！"

　　悟空却一点儿也不担心，笑着说："师父，你放心，我肯定能治好他，你就等着吧。你看，这不就是我的金线？"说着，拔下三根毫毛，轻吹一口气，就变出三条金丝线来。

　　随后，悟空吩咐国王的贴身太监把丝线的一头系在国王手上，自己则在窗外扯住另一头，默默诊断着。

　　过了一会儿，悟空隔着窗户对国王说："陛下最近常常胸口疼，有虚汗，吃饭没胃口，排泄不通畅，是不是？依我看，这都是因为心里烦恼太多、忧愁太重引起的。"

国王一听，句句切中要害，心里顿时十分高兴，忙大声回答："神医说的对！请去外面为我开药方吧！"

悟空出来，告诉医官："你到城里所有的药房里，见到药就拿回来。"

医官糊涂了："都说对症下药，为什么见到药就拿回来呢？"

悟空说："我有自己的打算，你照着做就是。"

医官没话说了，连忙派人去城里所有的药房转了一圈。所有药品，每种各要了三斤，送到悟空住的旅馆里。

悟空本打算跟师父一起回去，忽然国王有令，让唐僧留在宫内休息。

唐僧吃了一惊，对悟空说："这是拿我当人质啊，悟空，你可千万要小心制药啊！"

悟空胸有成竹："放心，你就在这儿好好休息吧。"之后一个人离开了皇宫。

回到旅馆，悟空也不急着制药，只和八戒、沙僧痛痛快快地享用国王送来的饭菜。一直等到半夜三更人都睡着了的时候，才叫上八戒、沙僧，干起活儿来。

八戒说："猴哥，制什么药？快点干完，老猪好睡觉去。"

悟空说："你俩拿一两大黄、一两巴豆碾成末。"

"这两味药，都是泻药啊。"八戒、沙僧不明白了。

悟空说："你们别管，做就是。"两人于是忙动起手来。

末碾好了，悟空又吩咐："八戒，去把那厨房里锅上的灰刮半碗来。"

沙僧问："没听说过锅灰也能做药啊?"

"你不知道,"悟空说,"锅灰又叫'百草霜',能治百病呢!"

于是,八戒真的跑到厨房里刮了半碗的锅灰,拿回来。

悟空又发话了:"八戒,去接半杯马尿给我和药。"

"什么?"这下,八戒、沙僧都吓傻了。

"你们又不知道了吧,"悟空笑了,"我们那白龙马,不是普通的马,是堂堂西海一条龙啊。它的尿,可有用了!"

虽然半信半疑,八戒还是去接了半杯马尿来。

悟空把所有材料搅了搅,搓成三个大丸子,放在一个小盒子里,就与八戒、沙僧一起睡下了。

第二天天微微亮,国王就命人来向悟空取药。

悟空叫八戒拿出装药的小盒,递给来人。

来人问:"请问这药叫什么名字?"

悟空说:"叫'乌金丹'。"

八戒、沙僧在一旁偷偷地笑:"锅灰拌的,还真是乌金!"

那来人谢了悟空,将药带回宫里,呈给国王。

国王哪知道这金丹是用什么做的,依次都吞进肚子里。没一会儿,泻药起作用了,肚中一阵翻江倒海,就要去厕所。一连拉了几次,把肚里沉积的脏东西都排了出来,渐渐地就感觉神清气爽了。

又静静修养了一阵子,这国王的病算是完全好了。他下令将唐僧师徒都请进宫中,设宴款待,想好好感谢一下神医。

宴席上，众人正吃得开心，悟空问国王："陛下，之前我曾说过，您的病是由于太过忧虑引起的，说到底是心病。您有什么烦心事，不妨告诉我，老孙说不定能帮上忙呢！

国王长叹了一口气，说："孙长老，既然您是我的恩人，我就告诉你吧……"

不知到底是什么事让国王这么烦恼呢？

【博闻馆】

"悬丝诊脉"真的行得通吗？

中医讲究望闻问切，其中，诊脉（"切"）是确定患者病情的重要手段。然而，在古代社会，"男女授受不亲"，男性大夫不方便直接给女患者把脉（特别是在皇宫中）。于是，当宫中的娘娘、公主们生病时，有些大夫就采用了"悬丝诊脉"的方法。

那么，这种神奇的治疗方法真的行得通吗？

据说，有些医术高明的神医也许真的能通过丝线细

在古代传说故事中，有许多关于"悬丝诊脉"的情节。

微的晃动来掌握患者脉搏的跳动情况。但大多数情况下，"悬丝诊脉"只是一种形式。原来，当太医在诊断病情时，往往会向后妃的贴身太监反复询问病况。通过了解详细的信息，在把脉之前，太医基本上就已经能够对患者的病症有所判断，再加上丰富的经验，一般都能对症下药。

计盗紫金铃

在宴席上，国王慢慢地说出了心里的烦恼："三年前，正是端午佳节，我和王后在御花园里吃粽子、看龙舟。忽然刮起一阵大风，风中出现一个自称赛太岁的妖精，说他来自麒麟山，洞中少个压寨夫人，要我把王后送给他当老婆；如果我不肯的话，就要把我朱紫国的百姓全吃了。我实在没办法，只好把王后送给他了。那天以后，我受了惊吓，又日夜思念妻子，所以才落下这大病啊！"

悟空一听有抓妖的机会，顿时有了精神："陛下今天运气好，遇上我老孙。我就帮你抓住那妖怪，抢回你的王后，怎么样？"

国王感激不已，跪下说："恩人啊！如果你能救回王后，我宁愿把这一国的江山，全都送给你。"

悟空忙扶起国王，笑着说："你这国王，怎么有了老婆就不要江山了！我问你，那妖怪之后还来过吗？"

国王说："他每隔一阵子就要来抢几个宫女，说是要服侍王后。今年二月刚来过，不知什么时候再来。"

"既然如此，我就亲自去会会这妖怪！不过，我要是见到王后，怎么表明身份呢？你给我一件信物吧。"悟空说。

国王含着眼泪说："她在宫中的时候，最喜欢我送她的一条黄金手链，那天恰好没带，所以留在首饰盒里。恩人不妨就拿着那条手链去见她，她看了自然就明白了。"

悟空接过手链，立刻一个筋斗云，往麒麟山去了。

转眼到了麒麟山，悟空正找着妖怪的洞府，忽然，山间腾起一道火光，火里又冒出一阵黑烟，烟里还带着一股黄沙，顿时遮天蔽日。悟空正搞不清楚怎么回事，突然听见前面有人说话，便躲在一旁偷偷观察。

原来，这附近就是妖怪洞府，守洞门的几个小妖正在聊天："我家大王，还真是狠毒。三年前抢了朱紫国的王后，却偏偏有神仙送那娘娘一件五彩仙衣；穿上之后，仿佛浑身上下都长满了针刺，大王连摸都不敢摸她一下，稍稍碰到，手心就疼，三年来竟然没有肌肤之亲。大王就叫我们去抢宫女来服侍他，这也就罢了，没过一阵子又杀了那些宫女，再去抢新的……"

悟空把这些话听在耳里，悄悄变成一个巡山小妖，混进洞府，随后又趁机跑到王后娘娘的住处里。

娘娘看见悟空，以为是妖怪的手下，也不理睬他，自顾自地在椅子上抹眼泪。

悟空于是现出原来模样，低声对娘娘说："你别怕，我是从东土大唐去西天取经的和尚，经过你们朱紫国，刚好治好了国王的病。后来国王就告诉我你被妖怪抓走的事情，求我来救你出去。你如果不相信，就看看这东西。"说着，拿出那条黄金手链。

娘娘一见到手链，眼泪哗哗地流下来："长老，您要是能救我出去，大恩大德我这辈子都忘不了！"

悟空说："我先问问你，那山里放火、放烟、放沙的，是妖怪的什么宝贝？"

"那是三个紫金铃铛。摇第一个燃出火焰烧人，摇第二个飞出黑烟熏人，摇第三个奔出黄沙迷人。前面的烟火倒还没什么，最后的黄沙最毒，人要是不小心吸到鼻孔里，性命就没了。"娘娘答道。

悟空在娘娘耳边轻声说："这样吧，你听我的，去把妖王给请来，然后……"娘娘一边听，一边连连点头答应。

娘娘听了悟空的计策，叫来侍女，去请妖王一起吃饭。侍女照吩咐去请妖王，妖王倒吃了一惊："平日里这娘娘见我就骂，今天怎么请我一起吃饭？"

"娘娘说：'三年过去了，朱紫国国王恐怕已经另娶了老婆，我也不要他了。'"侍女回答。

妖王一听，十分高兴，急忙去后宫找那美人。娘娘也早有准备，一见妖王便满脸笑容，伸出手去要搀扶他。

"不敢！不敢！"妖王忙后退一步，"多谢娘娘厚爱，我怕手疼，您就别碰我啦！"

那娘娘便将妖王迎到饭桌边，一边说些甜言蜜语，一边使劲儿灌他酒。悟空早又变作一个侍女，假装在旁边伺候着。

等妖王喝到七八分醉了，悟空靠近妖王，偷偷使了个法术，就在妖王身上变出了好些虱子、跳蚤、臭虫。妖王顿时感觉奇痒无比，左挠挠，右挠挠。

王后假装体贴："想必大王的衣服太久没洗了吧，不如脱下来我给你捉捉虫吧。"妖王依言把衣服脱了递给她。

王后又说："大王，铃铛上说不定也有虫，一起脱了吧。"

妖王也没多想，又把铃铛脱下来交给王后，王后顺势交给了一边的"侍女"悟空。

趁着妖王低头抖衣服的时候，悟空悄悄拔下一根毫毛，变出三个铃铛，跟真铃铛一模一样，却把真铃铛收在怀里，把假铃铛递给妖王。

那妖王早已喝醉了，哪里分辨得出铃铛真假，只是照旧系在腰间。

得手了的悟空立刻找机会出了山洞，在洞门外叫阵。

妖王出了洞门，问："你是谁？报上名来！"

悟空说："我就是鼎鼎大名的齐天大圣孙悟空，今天受朱紫国国王之托，来捉你这妖怪！"

妖王似乎知道悟空的大名，说："你不是跟唐僧去西天取经了吗？怎么到这儿管我的闲事！"说完，就拿起斧子，朝悟空砍过来。两人交起手来。

两人打了一阵子，那妖王显然不是悟空的对手，于是拿出铃铛来。

悟空见了，也从腰间解下三个真宝贝，对妖王说："你有铃铛，我就没铃铛？"

妖王一看悟空的铃铛，顿时糊涂了："你怎么也有跟我一模一样的铃铛？"

悟空笑着说："你这铃铛是哪儿来的？"

"太上老君八卦炉里炼的！"妖王用炫耀的语气说。

"巧了！"悟空说，"我这铃铛也是太上老君八卦炉里炼的。不过，你大概不知道，当年炉里其实同时炼了两对铃铛，你的那对是雄的，我的这对是雌的。"

妖王不相信："铃铛又不是动物，哪有雌雄的分别？管他的，有用就行！"

悟空说："口说无凭，不然你先摇摇？"

妖怪便将三个铃铛依次摇动，谁知摇来摇去，一点反应也没有。妖王糊涂了。

悟空得意地说："看来，你这铃铛也怕老婆啊！看我的！"说着，把铃铛们一起摇起来。

只见火焰腾腾就烧起来，黑烟黄沙满天飞；大圣又默默念咒，召来大风，吹着烟火飞沙，将那赛太岁团团围住。

眼看着无路可逃的赛太岁就要没命了，没想到半空中突然响起一个声音："悟空！我来了！"

悟空抬起头一看，原来是观音菩萨，左手托着净瓶，右手拿着杨柳，正洒下甘露救火呢！

悟空忙收起金铃，拜见菩萨："请问菩萨到这儿有什么事？"

观音菩萨解释道："我特地来收这个妖怪。这妖怪，原本是我的坐骑金毛犼（hǒu），它趁着看守的牧童打瞌睡，咬断了铁链逃到凡间来。"

悟空这才恍然大悟。

那妖怪见了观音菩萨，也就显出了原形。菩萨坐上去，往犼脖子上一看，发现没了三个铃铛，便对悟空说："悟空，把铃铛还给我！"

悟空故意装傻："什么铃铛啊？我没见过。"

聪明的菩萨怎么可能被骗："你没见过？那我念念紧箍咒好了。"

"别！别！"悟空急了，"这铃铛还给你还不行嘛！"说完，不情愿地拿出铃铛。

观音将金铃又套在犼脖子上，回南海去了。

悟空把王后娘娘送回了朱紫国，国王十分高兴。

可是，王后的身上还穿着那件带刺的五彩仙衣呢！就算是国王，也靠近不了她，这可怎么办呢？

别急，这时候，半空中又来了个紫阳真人，帮王后脱下了那件仙衣。

原来，三年前紫阳真人经过朱紫国，正好碰上妖怪抢走王后。他为了保护王后不被妖怪欺负，特意赠送了这么一件仙衣给王后。

这下，朱紫国国王的烦恼算是彻底解决了。而唐僧师徒四人又重新踏上了取经的征程。

【博闻馆】

观音菩萨为什么拿着杨柳枝？

位于辽宁桓龙湖万乐岛的杨柳观音像

据说，观音菩萨在不同场合会有不同的化身。而这一回故事中左手托着净瓶、右手拿着杨柳的观音菩萨，是民间供奉最多的观音形象之一，又被称作"杨柳观音"。

那么，观音菩萨为什么拿着杨柳枝呢？

在产生佛教的古代印度，人们认为杨柳枝可以消灾除病。而杨柳柔顺的形态，又能够象征观音慈悲为怀、救助苦难众生的意味。也有说法认为观音拿着杨柳枝是为了用杨柳旺盛的生命力比喻佛法的兴旺。

陷落盘丝洞

正是一个大晴天，唐僧骑着马，远远看到前方有一户人家，便说："徒弟们，我去前面化些斋来。"

悟空笑着说："师父说的什么话，你要吃东西，我去化些就是了，哪有师父自己动手的道理。"八戒、沙僧也在一旁附和。

"今天天气好，我也运动运动，再说了，前面那户人家又不远，你们就让我试试吧。"唐僧坚持着。

几个徒弟见师父心情不错，就顺了他的意思，把钵盂递给他。

那唐僧迈开步子，往前走了一段路，到了一座小桥边上，正对着那户人家的庭院。正想过桥去，发现院子里似乎一个男的也没有，只有几个女子，有的在做针线活儿，有的在踢球玩耍。他顿时犹豫了，正想回头，又转念一想："如果我化不来斋饭，岂不是要被他们笑话我没本事？"

于是，唐僧只好硬着头皮走过桥，徘徊了好一阵子，才打定主意走进院子里，大声叫道："女菩萨，请随缘布施些斋饭！"

那几个女子听到这话，一个个抛下手中的玩意儿，都高高兴兴地过来迎接："长老，请里面坐。"

唐僧只当她们尊重僧人，便跟随着进了屋子里。

然而，进门之后，唐僧立即感到一阵寒气逼来，再看那屋子里，都是些石桌、石凳，不像平常人家。他心里默默想："坏了，这地方凶多吉少啊！"只是碍于形势，不得不先坐下。

那几个女子满脸堆笑："长老，您是从哪儿来的啊？"

唐僧只想快点脱身："我是从东土大唐去西天取经的和尚，各位施主随意给点斋饭，贫僧就不多打扰了。"

女子们却说："别啊，我们怎么能怠慢长老呢！您坐着，等我们给您弄吃的来。"

只听见厨房里叮叮咚咚好一阵，端上来几盘菜。

唐僧看那盘子里，糊糊涂涂的不知道是什么。他哪能猜到，这妖精洞府里吃的，自然都是人肉做的菜肴。

旁边一个女子催促道："长老，您快吃啊！"

唐僧不敢动筷子，起身拜了一拜，说："我出家人，不能吃这些荤的，怕破了戒。几位施主，贫僧还是先告辞了。"说完，就要走出门去。

谁知一个女子却把门拦住，不放他出去，大喊一声："上门的买卖，哪有不做的道理！你想往哪儿跑！"

话音刚落，所有女子一起上前，扑的扑，绑的绑，三下两下就把唐僧吊挂在房梁上。

可怜那唐僧只能把眼泪往肚子里咽，心中默默念着："我怎么这么命苦，化个斋也能掉进火坑。徒弟啊，你们快来救我啊！"

却说这边几个徒弟苦苦等了好半天，还不见师父回来。突然前方那户人家闪起一道雪白的光芒，悟空一看，立刻叫起来："不好！师父遇见妖精了！"

八戒、沙僧忙说："我们快去救师父。"

悟空急急忙忙跑过去，只见哪里还有什么庭院，只有一层又一层的丝线绕在一起，也不知道里面是什么情况。原来，刚才那一道白光正是妖精放出的丝线的光芒。

悟空正要挥棒把丝线砍断，忽然想到："我不知道妖怪底细，这么贸然打进去，岂不是打草惊蛇？不如先找土地老儿问一问。"于是，放下棒子，默念咒语，召唤土地公。

只见地里腾起一阵白烟，土地公出来对着悟空行礼："大圣，找我有什么事？"

"我问你，这是什么地方？有什么妖怪？厉害不厉害？"悟空一口气全问了。

"这里是盘丝岭，岭下有个洞，叫作盘丝洞，洞里有七个蜘蛛精。小神力量微薄，也不知她们厉害不厉害，只是自从她们来了后，霸占了之前七仙女的浴池，一天要洗三次澡。这会儿估计正在泉边洗澡呢！"土地公恭恭敬敬地回答。

悟空点点头，就把土地公打发走了。他决定先去打探打探情况，便变作一只小苍蝇，飞到土地公说的那浴池边上。

那几个妖精正在悠闲地洗着澡，悟空飞近一些，听见有人嬉笑着说："姐姐，我们洗了澡，就把那胖和尚蒸了吧！"

悟空听了，心里琢磨着："这么看来，师父还安全。好男不跟女斗，我不如就让她们先困在池子里，再做打算。"

　　拿定主意后，悟空又变成一只老鹰，扑一扑翅膀，将那衣架上搭着的七套衣服，全部叼走，一直飞回八戒、沙僧面前，才现出原来模样。

　　猪八戒一看那些衣服，开起了玩笑："难道师父是被当铺抓走了？"

　　悟空白了他一眼，说："这都是妖精们的衣服。"又把从土地公那里知道的信息都告诉了他们，之后就要去救师父。

　　八戒听完，说："猴哥，我看你这事情打算得不好！妖怪嘛，肯定要斩草除根的；你只是暂时困住她们，回头她们来追我们怎么办？"

　　悟空微微笑了笑，说："那你的意思是……"

　　"我的意思，"八戒赶紧接话，"我们先杀了妖精，再去救师父。"

　　悟空摊了摊手："反正我不跟她们打，要打你自己打去。"

　　得到了允许，八戒顿时精神抖擞，他举着钉耙，欢天喜地地跑到那浴池边上。只听见几个妖精正在水中乱骂："这个该死的畜生！好叼不叼，偏偏把我们的衣服都叼走了，这下我们怎么出去！"

　　八戒忍不住笑着说："女菩萨，在这儿洗澡呢！不如带着和尚一起洗洗吧！"

　　妖精们生气地说："我们是女儿身，你一个出家了的男子，怎么能跟我们同池洗澡？真是无礼！"

　　八戒陪着笑脸："天气太热了呀，我也没办法，就将就让我洗洗吧。"说着，也不管人家答不答应，脱了衣服就扑通一声跳进水里。

那几个妖精怒火中烧，冲过来要打八戒。八戒却在水里摇身一变，变成一只鲇（nián）鱼，四处窜来窜去，妖精们抓也抓不住。

妖精们大声喊道："你到底是谁？别再作怪了，快报上名来！"

八戒这才又恢复了原来相貌，说："你们居然不认得我！我是天蓬元帅猪八戒，现在保护唐僧去西天取经。你们抓的那和尚，就是我师父！看我不收拾你们！"说着，举起钉耙就打妖精。

哪知那些蜘蛛精的肚脐里竟齐齐地放出好多丝线，在空中搭起了一个大帐篷，把八戒困在里面。八戒想逃，满地却都是绊脚绳，往左边走是摔，往右边走又跌，也不知翻了几个跟头，只把这老猪跌得浑身酸痛、头晕眼花，爬也爬不动了。

妖精们制伏了八戒，急忙跑回妖洞，拿些旧衣服穿了。随后又把干儿子们给叫过来。这些蜘蛛精们的干儿子，是些蜜蜂、马蜂、蜻蜓之类的小虫子，被她们的蜘蛛网抓住，为保全性命只好拜她们为母，平日里常给她们供奉花蜜，这时都从各处赶来，问："母亲有什么吩咐？"

"儿子啊，之前我们不小心抓了唐朝来的和尚，他徒弟要来报仇。刚刚还欺负我们，不知什么时候又再来。你们赶紧努力挡住他们一阵子，如果打赢了，就到舅舅家来找我们。"妖精们安排好，就急忙跑到她们师兄那儿避难去了。

等了好一阵子，妖精的法力消失了，八戒才一瘸一拐地回到原来地方，把那些妖精的手段跟悟空、八戒说了。

悟空也没空跟他生气，急急忙忙到了妖洞前面，那些挡路的小虫子哪是悟空的对手？没两下就灰飞烟灭了。

三兄弟进到洞里，看见师父正吊在那里哼哼地哭呢，急忙把他放下来安顿好；又四处寻找妖精，却一点影子也没找着，于是便把妖怪洞府一把火烧得干干净净，这才放心地继续往前走。

走了好远，唐僧还心有余悸："徒弟们啊，以后就是饿死，我也不敢乱跑了！"几个徒弟都笑了。

【博闻馆】

和尚为什么要"化斋"？

这一回故事中，唐僧一个人去化斋，结果不幸被妖怪捉住了。那么，和尚为什么要"化斋"呢？

"化斋"的化，从"化缘"的化沿用而来。"化缘"的化有募化和教化两种意义；缘则指机缘。化缘一来可以通过募化粮食、钱财等解决和尚的生计问题，并帮助寺庙的修理、维护；二来可以教化佛法，吸引更多人信奉佛教。

实际上，化缘的范围比化斋更广，化斋只指僧人向他人募化斋食的具体行为，但也包含着以上提到的化缘的两种意义。

佛教要求信徒信奉"佛、法、僧"三宝，因此，信佛的人给僧人饭食或钱粮时，并不是出于施舍的意图，而是在尽一种义务。一般僧人在化斋时也不像乞丐一样降低自己的尊严。

和尚化斋时用的器皿叫钵盂。图为越窑瓷钵,现存于浙江省博物馆。

酣战蜈蚣精

逃离了盘丝洞的唐僧师徒，走到一所道观前，抬头一看，门上挂着一块石板，上面写着"黄花观"三个字。

八戒开口了："道观虽说是道士住的，我们都是修行的人，他想必也愿意招待招待我们吧。"

其他几个人也都认为有道理，便一起走进观里。

进门之后，只见有个道士正坐在那里丸药，唐僧高声喊道："老神仙，贫僧打扰了！"

道士抬起头，看见唐僧一行人，忙丢了手里的药，出来迎接，又命令小童准备茶、点心。这么一阵忙乱，早惊动了后面几个冤家。

原来，这道士正好就是那盘丝洞蜘蛛精的师兄。那些蜘蛛精们从帘子后面认出唐僧、八戒，便找个机会，把师兄叫来，说了之前被欺负的事情。

那道士本来诚心招待唐僧师徒，一听这事，立刻气恼不已，变了脸色："你们放心，我替你们报仇！"说完，从里屋取出一小包药来，下在准备好的茶里，又转过身对蜘蛛精们说，"我去问问他们，到底是不是唐朝来的和尚。如果不是就算了；要真的是，我就叫小童换茶，你让小童把这些下了药的茶拿出来。吃了我的药，管他是哪儿来的和尚，都得归西！"

安排好一切，道士出来对唐僧师徒说："久等！刚才吩咐小徒挑些青菜、萝卜，安排一顿素斋招待几位，所以耽搁了些时间。"

唐僧十分感激，连连道谢："不敢，不敢，您看我空手进门，怎么好意思这么打扰！"

道士笑着说："你我都是出家人，本来就该互相帮助。请问老师父，你们是从哪儿来的？如今又要到哪儿去呢？"

唐僧说："我们是从东土大唐去西天取经的和尚，正好经过这里。"

"原来是大唐圣僧，真是有失远迎啊！"道士假装热情，却转头叫那小童端来"夺命茶"，分别递给各人。

悟空眼尖，看那茶杯里是两颗黑枣，就说："先生，我跟你换一杯。"

那道士自然不肯："不好意思啊，长老，我这小观地方偏远，刚才要找枣儿泡茶，谁知红枣数目不够，只好拿两颗黑枣充数。您别计较。"

悟空还是坚持要换，道士则一直拿各种理由推脱。不过，这也是当然的，谁要拿没毒的茶换有毒的茶呢！

这边另外几个师徒，哪管什么红枣黑枣，早连茶水带枣儿一起吞进肚子里了。没等悟空和那道士争出结果，一个个渐渐变了脸色，留泪的留泪，吐沫的吐沫，不省人事了。

悟空一看，知道茶里有毒，顿时砸了茶杯，质问那道士："我们跟你又没仇，你为什么要下毒害我们？"

道士冷笑着说："你还记得盘丝洞吗？"

"好呀！你跟盘丝洞那几个妖精有关系，看来也是个妖怪，吃我老孙一棒子！"悟空抄起金箍棒，朝那道士迎头打去。道士急忙拿起宝剑应战。

里面的蜘蛛精听到外面的动静，连忙出来助战。她们敞开肚皮，肚脐里立刻飞出千万条丝线，搭起一个帐篷，像之前困八戒一样，又把悟空困在里面。

只是悟空又哪有那么容易被困住，他一个筋斗云，就将帐篷冲破，飞到空中。等再回头望那道观，早被细密的丝线遮住，哪还有半点影子！

于是，悟空变出一个大叉子，用力搅了搅，把那些丝线搅断了大半；还没一会儿，就从丝线中拖出七只大蜘蛛，要了她们的性命。

那道士一看师妹被悟空打死，怒气直冲上来，拎起宝剑就要杀悟空报仇。两人好一阵酣战。

大约五六十回合之后，道士渐渐觉得支撑不住，忽然把道袍脱了，露出身子。

悟空只以为他是力量不支，也没多在意。哪知那道士的身上竟然有一千只眼，每只眼都放出一道耀眼的金光。千丈金光烤着，就连齐天大圣也招架不住了，连忙腾云逃走，直逃到二十里之外，眼里还止不住地流泪。

悟空正不知该如何是好，突然背后传来一阵哭声。回头一看，原来是一个穿着丧服的妇人，手里拿着几张纸钱，一边哭着，一边向悟空走来。

悟空一见也是个抹眼泪，心里顿时有种"同是天涯沦落人"的感觉，便上前问那妇人为什么伤心。

"我丈夫因为与黄花观观主争执，被他用毒药茶杀死了，我能不伤心吗？"妇人恨恨地说。

悟空一听，眼泪更止不住了，哗哗地直流。

"你这人真奇怪了，我丈夫死了，你哭什么？"妇人问。

悟空便把自己师父、师弟被毒害的事情说了。

那妇人放下手中的纸钱，对悟空说："原来如此。你大概不知道，那道士叫作百眼魔君，那金光就是他的必杀技，十分可怕。你既然能逃出一条性命，可见你也有点本事；如今我教你去找一位神仙帮忙，打败那妖怪，怎么样？"

悟空听了这话，连连道谢："女菩萨还请快告诉我！"

"南方有一座紫云山，山中有个千花洞，洞中有个毗（pí）蓝婆，她有办法帮你。你那师父、师弟中的毒，三天之后就没命了，你快点去吧。"妇人说道。

悟空十分感激，正要拜谢，转眼之间那妇人却不见了。

悟空慌忙朝天空中拜了几拜，大喊："是哪位菩萨？千万留下名字，老孙以后好答谢啊！"

只听见半空中传来一个声音："大圣，我是黎山老姆，路过这儿，见你师父有难，所以帮你指指路。你快救你师父去吧！"

悟空千恩万谢，随后一个筋斗云，到了紫云山上。

紫云山上的好风光，那大圣也没心思好好欣赏，径自找到毗蓝婆，把事情经过说了。

那毗蓝婆听完，说："我有个绣花针，能帮你打败那妖怪。"

悟空以为神仙逗他玩，气呼呼地说："这绣花针，老孙要一担子也有，何必跑千里之外找你拿呢！"

毗蓝婆笑着说："你那绣花针，不过就是一般的铁针。我这绣花针，可是个宝贝！既不是钢铁做的，也不是金银做的，是从我小儿子眼睛里炼成的。"

"请问您小儿子是哪位呢？"悟空问。

"就是昴（mǎo）日星官。"说着，毗蓝婆将那绣花针往远方一处闪着金光的地方扔去，金光顿时不见了。她回过头来，对悟空说，"刚才那个闪着金光的地方就是黄花观。如今金光已灭，那道士没了本事，我跟你一起去看看吧。"

于是，悟空便和毗蓝婆一起回了黄花观。只见那道士双眼紧闭，动也动不了了。

毗蓝婆又拿出一个小纸包，打开来，将里面包着的三粒红色药丸递给了悟空："这是解毒丹，你快救人吧！"

悟空赶紧让师父、师弟吞下药丸，好一阵子，那三个人才缓过劲来。

八戒一清醒过来，就要找那道士算账，却被毗蓝婆挡住了："天蓬别发火，我那洞里没人看门，就让我把他收了看门去吧。"

师徒几个都是毗蓝婆救的性命，哪有不答应的道理。只见那毗蓝婆用手一指，那道士"扑"的倒地，现出原形，原来是一条大蜈蚣。毗蓝婆将它收了，回紫云山去了。

毗蓝婆走后，悟空把唐僧他们中毒之后发生的事情说了，师徒几个都感慨不已。

八戒还有点不明白："那个毗蓝婆怎么这么厉害，一下就降伏了那个妖怪？"

"你想啊，"悟空说，"昴日星官是只公鸡，他妈妈肯定是只母鸡。蜈蚣最怕鸡了！"

原来如此！师徒几个想到那道士最后变成蜈蚣时可笑的

样子，顿时把惊吓都抛到脑后，开开心心地又上路了。

世上真的存在有一千只眼睛的生物吗？

在这回故事中，蜈蚣精有一千只能放出金光的眼睛，连齐天大圣都抵挡不了。

真正的蜈蚣当然没有那么多只眼睛。但在大自然里，有些昆虫的眼睛被称为"复眼"，复眼是由许多小眼组合而成的。如果我们在显微镜下看蜻蜓的复眼，就会发现有很多个"独立眼睛"构成了一个"整体眼睛"，而每个"独立眼睛"都发挥着一个"眼睛"的"功能"。它形成图像的形式类似我们在电视上看到的马赛克。苍蝇的复眼大约由4000个小眼组成，飞蛾的复眼大约由28000个小眼组成，像这样的生物，说它们有一千只眼睛也不算夸张。

现在也有研究表明，人类的眼睛是进化了的复眼。

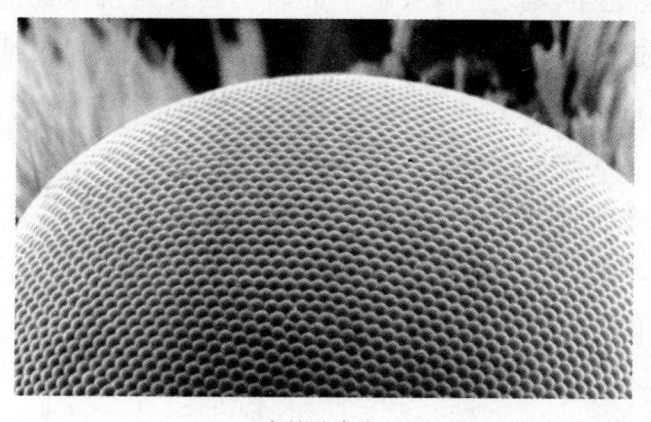

夜蛾的复眼

探路狮驼山

一天，唐僧师徒走到一座高山边上，正要上山，只见一个白发苍苍的老头在山坡上喊着："长老，回去吧！这山上有一群专门吃人的妖怪，过不去啦！"

唐僧一听这话，吓得差点没从马背上跌下来。倒是悟空及时扶住他师父，安慰道："师父，别怕，我去问问怎么回事。"

唐僧说："你长得可怕，说话又冲，不要吓到了老人家。"

悟空于是念了个咒语，摇身一变，变成一个眉清目秀的小和尚，说："师父，这样行了吧?"随后，就上山去找那老头打听情况。

"老先生，我们是从东土大唐去西天拜佛取经的和尚，刚刚到这儿，就听见老先生说这儿有妖怪。我师父胆子小，让我来打听一下到底是什么妖怪，麻烦您详细跟我说说。"悟空到了那老头跟前，鞠了一个躬，问道。

那老头说："小和尚，这山叫作狮驼岭，其中有个狮驼洞，洞中有三个魔头，手下还有几万个小妖怪，都是吃人的！你们还是赶紧回去吧。"

悟空道了谢，就回去把他的话告诉唐僧。

八戒一听，魂都没了一半："我的老天爷，那岂不是漫山遍野都是妖怪?"

"呆子！"悟空白了他一眼，"有老孙在，你怕什么！"

沙僧也安慰师父："是啊，大师兄厉害着呢，我们走吧。"

唐僧虽然心里也害怕，但要往西走，非上山不可，只好启程了。

走了一阵子，却怎么也找不到刚才报信的老头了。

沙僧说："说不定他就是妖怪，故意来虚张声势的吧。"

悟空往四周看了看，只见半空中有一道彩霞闪耀，腾空一看，原来是太白金星。悟空忙一把抓住他："你这家伙！有什么话当面说不行？非得变个路人，故意耍我啊！"

太白金星连忙行礼："大圣，我可是好意来提醒你小心啊！"

悟空笑着说："我这不是来谢你嘛！不过，回头要是真的有什么困难，还得你跟天帝说说，让他多借我些天兵天将帮忙啊。"

太白金星倒也是个讲义气的神仙，说："行，有事儿尽管来找我！"说完，就踩着祥云离开了。

悟空回到地面上，告诉其他人刚刚原来是太白金星来报信。

唐僧一听神仙特地来报信，本来就微弱的信心又没了大半，在一旁愁眉苦脸、唉声叹气。

悟空倒一点也不担心，说："师父，你在这儿休息休息，我先去山上打探打探情况。"之后便嗖地一声，跳到山顶上了。

悟空正在山顶上四处张望，忽然听见叮叮当当的声音。回头一看，原来是个小妖怪，扛着一杆"令"字旗，腰间悬着一个铃铛，手里敲着梆子，正念念有词地往前走。

悟空转身变成一只小苍蝇，轻轻飞到妖怪帽子上。

只听见那小妖念叨着："巡山的要注意孙悟空，他会变苍蝇……"

悟空一听，吓了一跳，心想："难道他看见我了？"可仔细观察了一会儿，又没什么异样。

原来，那小妖念的是妖洞里的口诀。以他的法力，哪能发现哪只苍蝇是悟空变的呢？

悟空灵机一动，飞到暗处，照着那妖怪的样子，也变成一个扛旗帜、挂铃铛、敲梆子的小妖，追上去喊着："等等我啊！"

那小妖回过头，看了看悟空，问："你是哪里来的？"

悟空笑着说："你这人，怎么一家人也不认识！"

小妖摇摇头："我家没你啊，我没见过你。"

"你当然没见过我，我是烧火的。"悟空说。

小妖还是不相信："不对，我家烧火的只管烧火，巡山的只管巡山，怎么可能又让你烧火，又让你巡山？"

"你不知道，大王是看我烧火烧得好，所以升我的职，让我来巡山。"悟空找了个理由。

"我们这些巡山的，每人有一个吊牌，你有吗？"小妖问。

悟空没见过什么吊牌，当然没有。不过这可难不倒齐天大圣，他故意说："我当然有！你有吗？"

那小妖哪知道悟空的鬼主意，就掏出吊牌给他看。

悟空细细观察那牌子，只见上面写着"小钻风"三个字。他背过身子，假装拿吊牌，却偷偷拔下毫毛，变了个一模一样的写着"总钻风"牌子，递给那小妖。

小妖一看，吃了一惊："我们这些巡山的都叫小钻风，你怎么叫总钻风？"

悟空也有些小聪明，他说："你真不知道啊，这是大王给我的新吊牌，让我管你们这些巡山的弟兄。"

小妖听了这话，连忙道歉："原来是长官！我没认出您，真不好意思啊！"

悟空顺水推舟："你知道大王为什么让我来管你们吗？"

"不知道。"小妖恭恭敬敬地说。

悟空说："最近唐僧师徒经过这里，那孙悟空最会变化，大王怕他变成巡山的小钻风，所以特意让我来检查你们是不是真的。"

"长官，我是真的啊！"小妖连忙说。

"你怎么证明？这样吧，你说说大王最厉害的地方，我听听看对不对。"悟空扮起长官来，还真有模有样。

那小妖说："我家大大王和二大王都十分厉害，但要说最厉害的地方，还是三大王的宝贝'阴阳二气瓶'值得说说。不管是什么人，只要装进那瓶子里，没几个时辰，就要化成血水！"

悟空听在心里，又问那小妖："你说的果然没错，那我再问你，三个大王到底是谁要吃唐僧肉啊。"

小妖说："吃唐僧肉是三大王的主意。他原来不是我们洞里的，不知什么时候听说吃了唐僧肉能长生不老，又怕一个人打不过唐僧的徒弟孙悟空，所以才到我们这儿与两位大王结拜成兄弟，打算一起合伙抓唐僧。"

悟空把信息都了解得差不多了，便把小钻风打发到远处，自己变作小钻风的模样，偷偷混进那狮驼洞去了。

进了狮驼洞，悟空正四处打探着情况，忽然大魔王问他："小钻风，你巡山的时候遇见孙悟空了吗?"

悟空心想："不如我吓唬吓唬这些妖怪。"便故意说："小的走着走着，看见一个人在磨棒子，长得可恐怖了，应该就是孙悟空。他边磨边自言自语，说要剥大大王的皮，削二大王的骨，抽三大王的筋；还说门关得再紧也没用，他能变成一个苍蝇，从门缝里飞进来。"

那魔王一听，连忙说："大家注意了，我这洞里从来没苍蝇，要是有苍蝇飞进来，肯定是孙悟空!"

悟空听了这话，又想逗逗妖怪们，便故意躲到一旁，拔了一根毫毛变成一只苍蝇，嗡嗡地飞来飞去。

那魔王果然吓了一跳，以为苍蝇真是孙悟空变的，慌忙招呼小妖们打苍蝇。洞里顿时忙成一片。

悟空看那场面十分有趣，忍不住笑出声来。哪知笑的时候却不小心露出了原来嘴脸，被那第三个魔王看在眼里。

他上前一把抓住悟空，喊道："大哥，他不是小钻风，他是孙悟空! 我刚才看到他笑的时候模样变了!"说完，急忙招呼手下拿来绳索，把悟空牢牢捆住。悟空没办法，只好现出了原形。

大魔王与二魔王一见抓住了悟空，高兴得不得了，打算立刻摆酒席庆祝："看来这唐僧肉我们是吃定了!"

三魔王却说："大哥、二哥，不着急，这孙悟空最会逃跑。我们先把他装进宝瓶里，到时候再喝酒也不迟。"

于是，魔王们下令让小妖抬出"阴阳二气瓶"，把悟空装进去，再把瓶口严严实实地封好。

这下几个魔王以为高枕无忧了，开开心心地喝起了酒，一边喝还一边讨论着悟空大约要过多久才能化成水。

就在他们喝得正高兴的时候，门外突然传来了叫阵的声音。仔细一听，竟然是齐天大圣孙悟空！

这是怎么回事呢？

【博闻馆】

太白金星是何方神圣？

在这一回故事中，太白金星假扮成一个老头提醒唐僧师徒小心狮驼洞的妖怪。那么，这太白金星到底是何方神圣呢？

太白金星其实就是金星神格化的人物。实际上，"太白"和"金星"是一个意思。《诗经·小雅·大东》有记载："东有启明，西有长庚。"其中

金星是太阳系八大行星之一，太白金星就是金星神格化的人物。

的"启明""长庚"，也都指的是处在不同位置的金星。因此，孙悟空称呼太白金星小名时，就称呼他为"李长庚"。

据说，太白金星作为神仙的最初形象是一个穿着黄色裙子、戴着鸡冠、演奏琵琶的女性；明代以后，逐渐演变为一

位留着白胡子、白眉毛的老头。

在《西游记》中，太白金星的身份可以说是天庭的外交官，孙悟空先后被玉皇大帝封为弼马温、齐天大圣，都是他从中协调。而在唐僧师徒西天取经的路上，他也曾多次暗中帮助师徒四人。

玩转魔王肚

孙悟空明明已经被狮驼洞的几个魔王装进"阴阳二气瓶"中，怎么能同时在妖洞外叫阵呢?

原来，悟空在那宝瓶中待了好一阵子，也没觉得有什么难受的地方，便自言自语："看来这宝贝徒有虚名，不是说人在里面会化成血水么，我怎么一点事儿也没有。"

哪知那瓶子里本来非常阴凉，一听见人说话，立刻烧起熊熊大火;还好悟空会念避火诀，暂时没事。可还没半个时辰，四周突然跑出几十条毒蛇，到处乱窜，悟空费了好大力气才把它们解决了;却又出现三条火龙，把悟空的身子围住，难以逃脱。

悟空心想："老孙我不会就死在这瓶子里了吧。"正发愁呢，突然想起当年观音曾送他三根救命毫毛，往后脑勺一摸，果然其他毫毛都软绵绵的，只有三根十分坚硬。

悟空忙拔下那三根救命的毫毛，吹一口气，变出一个钻子，往瓶底一阵猛钻，钻出了一个小洞，微微透着光亮。

那宝瓶泄了气，顿时又变得十分阴凉，悟空变成一个小虫，从那小洞里飞出去，又回去找来八戒当帮手，才到妖洞门前叫阵。

这边魔王们一头雾水，忙令小妖们把宝瓶抬上来。

那些小妖们一抬那瓶子，就觉得有些不对劲："大王，瓶子变轻了!"

"怎么可能？"三魔王快步走到宝瓶前，打开一看，瓶子里空空如也。再仔细观察，只见瓶底有一个芝麻大的小洞。

"坏了！那猴子逃了！"他捶胸顿足地说。

大魔王发愁了："看来这孙悟空确实厉害，现在他在门外叫阵，我们谁出去迎战？"

全场妖怪都装聋作哑，不敢出头。

大魔王怒气冲冲地说："我就不信打不过这猴子！今天我就拼了这条老命跟他打一打，要是打过了，就有唐僧肉吃；要是打不过，就关上大门，放他们过去好了。"说完，提着兵器就出去应战。

"早听说你齐天大圣的名气，今天我如果把这山上的妖兵们召集起来跟你们打，回头要被别人说以多欺少。不如我们两个一对一，让我在你头上砍三刀，你如果撑得住，我就放你们师徒过去；你如果撑不住，趁早投降了，把你师父送来给我们下饭！"出门之后，那魔王对悟空说。

悟空一点儿也不害怕，笑着说："你说话算话，要砍就砍；就是从今天砍到明年，老孙也不怕你！"

那魔王一听，果然用尽全身力气，使劲朝悟空头上砍了三刀，悟空却一点事情也没有。

这妖怪有几个是守信用的？魔王见丝毫没砍伤悟空，恼羞成怒，举起刀就跟悟空打起来。两人大战了二十几个回合，仍胜负未分。

八戒在一旁看着，忍不住也拿着钉耙要来加入战局。谁知那魔王一看见八戒，就张开血盆大口，八戒吓得滚到草地上，倒是悟空顺势被魔王吃进了肚子里。

魔王以为这下解决了悟空，便收拾兵器，回妖洞去了，剩下八戒在原地哼哼地哭着。

　　他哪里知道，这齐天大圣可不是那么容易吃的！

　　那大魔王回了妖洞，跟他的兄弟们炫耀："我已经把孙悟空拿下了！"

　　二魔王一听，十分高兴，忙问："真的吗？在哪儿？"

　　"早被我一口吃在肚子里了。"大魔王说。

　　三魔王一听，大惊失色："大哥啊！我忘了告诉你，那个孙悟空不能吃！"

　　"怎么不能吃，吃了我老孙，再也不饿咯！"孙悟空在大魔王肚子里喊了一声，吓得一边的小妖怪们都不敢前进。

　　"你们怕什么！"那大魔王说，"有本事吃了他，还没本事收拾他不成？你们去泡些盐水，我喝下去，好把他吐出来。"

　　小妖忙泡了半盆盐水送上来，大魔王一口气喝下去，使劲干呕了好一阵子，就是吐不出那悟空来。

　　"孙悟空，你怎么不出来？"大魔王急了。

　　悟空说："早着呢！这肚子里暖和得很，就让老孙在里面过个冬吧！回头饿了，就把你肚子里这五脏六腑吃了，日

玩转魔王肚的孙悟空，是唐僧取经路上的得力帮手。图为皮影戏中的悟空形象。

子好过得很呢！"

二魔王一听，吓个半死："大哥啊，这猴子他干得出来，这可怎么办啊？"

那大魔王虽然嘴硬，心里其实也十分害怕，壮着胆子说："兄弟们别怕！把我的药酒拿来，等我喝几杯下去，把那猴子药死！"

小妖于是端上药酒来，大魔王张嘴就喝，一连喝了七八杯，才放下杯子说："不行，这酒平时吃两杯，肚子里就像火烧一样烫；今天吃了这么多，怎么一点感觉也没有？"

原来，悟空闻着酒香，也犯了酒瘾，就把嘴张在魔王喉咙底下。凡是吞下的酒水，全被大圣吃进肚子里。

那大圣喝了烈酒，自然要醉，就在妖怪肚子里发起了酒疯，一会儿跳上跳下，一会儿左摇右摆，闹得那魔王肚子疼得死去活来的，只能大声求饶："大慈大悲的齐天大圣菩萨，你就放过我吧！我们兄弟三个抬轿子送你师父过山去。"

悟空本来就无心要他性命，这么一听，也有饶了他的意思，便说："既然这样，你把嘴张开，我出去。"

这时，那三魔王悄悄走近大魔王，低声说："大哥，等那猴子出来的时候，你狠狠一咬，把他嚼碎了。"

哪知道悟空耳朵尖着呢，听见这话，便先不急着出去，反而把金箍棒伸出，试一试那妖怪。

那魔王果然狠狠一咬，只听咔嚓一声，门牙全碎了。

悟空收回棒子，大喊一声："好你个妖怪！我好心要饶你性命，你反而要害我！"

三魔王见情势不妙，赶紧用个激将法："孙悟空，都说你厉害，我看你也不怎么样！"

悟空果然中计："你什么意思?"

"有本事你出来跟我打，才是好汉；这样在人家肚子里胡闹，算什么英雄！"三魔王说。

悟空一听，也有道理，便在心里琢磨着："我一旦出去，这妖怪要是翻脸不认人怎么办？得想个办法，出去也能治住他。"

于是，悟空拔下一根毫毛，变成一条绳子，一头系着魔王的心肝，一头拿在手里，这才把身体变得小小的，从魔王嘴里出去了。

悟空一现身，三个魔王果然都拿着兵器来砍他。悟空却不跟他们认真打，而是一跟头跳到空中，把手上的绳子尽力一扯，又稍稍放松，一提一放就像放风筝似的，闹得那大魔王一阵阵地心疼。

这边大魔王疼得在地上打滚，二魔王、三魔王连忙跪下求饶："大圣啊，您就饶了我们大哥吧！"

悟空冷笑了几声，说："你们把我骗出来，又要打我，还好意思跟我求饶?"

那大魔王连忙说："大圣爷爷，你把我这绳子解了，我立刻送你师父过山去，绝对说话算话。"

悟空估计几个魔王也真有几分害怕了，便收了毫毛，说："也不用你们送，你们别捣乱就行。"

说完，一个筋斗云回到山边，远远地看见唐僧趴在地上大哭，猪八戒和沙僧正在一旁分行李呢！

悟空心想："肯定是那呆子跟师父说我被妖精吃了，怂恿（sǒng yǒng）大家分行李。"边想着，边上前喊道：
"师父！"

唐僧一见是悟空，立刻转悲为喜。沙僧则埋怨八戒：
"师兄明明没事，你却说他死了，怎么回事啊？"

八戒摸摸脑袋，委屈地说："我明明看到他被妖怪吃
了啊。"

悟空上前骂那呆子："你也太没用了！我也不是第一次
被妖怪吃进肚子里，至于这么大惊小怪吗？算了，我也懒得
跟你计较。那些妖怪暂时不会来找我们麻烦了，咱们快上
路吧。"

"说的对。"唐僧一抹眼泪，骑上白马。师徒四人又踏
上了西去的大道。

【博闻馆】

盐水的妙用

在这一回故事中，魔王将悟空吞进肚里后，曾试图想通
过喝盐水把悟空吐出来。这种做法其实是有依据的。

人在恶心的时候，可以适当饮用一些盐水，一来刺激咽
喉处的神经，二来稀释胃里的食物，能够达到催吐的效果。
特别是在食物中毒之后，喝盐水催吐是一种紧急的处理
方法。

除了催吐之外，盐水还有许多其他功能，比如咽喉肿痛
时用盐水漱口，可以起到消炎、杀菌的作用；胃部或口腔出
血时，喝盐水还可以起到暂时自然止血的作用。

拯救比丘国

转眼到了严冬,唐僧师徒四人迎着寒风,又到了一座城池边。进城一问,原来这地方叫作比丘国。

师徒几个沿路走着,边走边看街景,奇怪的是,这城里每户人家门口都放着一个用五颜六色的绸缎遮盖的鹅笼。

悟空正想要上前去看看笼子里面有什么,却被唐僧一把拉住:"别这么莽撞,小心吓到别人。"

悟空点点头,随后,念声咒语,变成一只小蜜蜂,嗡嗡地飞到笼子边上,细细观看。

一看才知道,原来家家户户的笼子里面,都坐着一个小男孩儿。他们有玩耍的,有啼哭的,有吃果子的,有趴着睡着的;大的不满七岁,最小的不过五岁左右。

悟空飞回唐僧边上,现出原来样子,把看到的情况说了。师徒几个都想不明白是怎么回事。

走着走着,忽然看到一个衙门,看起来是个驿馆的样子。唐僧忙带着几个徒弟,进衙门找官吏办理倒换关文的事情。

进门之后,果然找到了比丘国的驿丞,唐僧上前说明情况:"施主,贫僧是从东土大唐去西天取经的和尚。今天到了贵国,有通关文书需要盖章,能不能让我见见你们国王呢?"

驿丞说:"今晚不行,等明天早朝的时候我带你进宫吧。

今晚就先在我们衙门里住着，怎么样？"

唐僧连连道谢，想起之前在街上看到的奇怪景象，就问驿丞："贫僧进城的时候，看到家家户户门口都放着一个藏小孩的鹅笼，请问这是为什么呢？"

那驿丞听了这话，叹了一口气，对唐僧说："长老，这事情你就别管了，也不要再问别人啦！"

唐僧一头雾水，拉住驿丞，一定要问个清楚。

驿丞没办法，只好支开周围的人，低声对唐僧师徒说："三年前，有一个老道人带着一个十六岁的女儿进宫。我们陛下见那女儿长得非常美丽，就封她为王后，将她父亲封为国丈。从此以后，陛下天天与王后寻欢作乐，别的妃子看也不看一眼了。最近陛下身体不好，那国丈说有个海外秘方能延年益寿，必须找一千一百一十一个小儿的心肝做药引，国王听信了他的话。你看到的那些小孩子都是被选中做药引的。"

唐僧听了这话，吓了一跳，一整晚都胆战心惊。直到第二天早晨要进宫之前，只要一想到那些无辜的孩子们，他都要忍不住掉下眼泪来。

沙僧也忿忿不平："这国丈，怎么这么狠毒！不会是个妖怪吧？"

这时，悟空安慰唐僧："师父，你别担心了，我想个办法先把那些笼子里的小孩子弄到城外，然后我跟你一起进宫，看看那国丈到底是个什么样的人。"

唐僧边抹泪边说："悟空啊，你怎么救那些孩子？"

"我自有办法。"悟空笑了笑。

还记得那些观音安排在唐僧周围的小神仙吗？唐僧师徒被困在小雷音寺时，他们就曾出过力。现在，悟空又把他们召唤出来，把比丘国国王的所作所为告诉他们，并吩咐道："你们用点法力，把笼子里的小孩都弄到城外藏起来，好好照顾，等老孙劝那国王回心转意，再送回城里。"

　　小神们纷纷都依言行动起来。于是，城里顿时刮起一阵大风，将全城的鹅笼都卷走了。

　　悟空对唐僧说："师父，孩子们暂时都得救了。你现在进宫去，我暗中保护你，放心吧。"说完，悄悄变成一只小虫子，趴在唐僧的帽檐上。

　　唐僧这才高高兴兴地换好衣服，进宫拜见国王。

　　唐僧进了皇宫，看到国王正病怏（yàng）怏地靠在龙椅上，说起话来也气若游丝；一边站着一位老道人，精神倒是非常好，应该就是国丈。

　　国王把唐僧的通关文书盖好章，也没说几句话，就让他退下了。走到殿外，悟空飞到唐僧耳边说："师父，那国丈是个妖怪，国王受了很重的妖气。你先回去，我在这儿再打探打探消息。"

　　唐僧点点头，快步走出宫门。悟空则飞回大殿上。

　　没过多久，只见一个官兵慌张地跑上大殿，禀告国王："陛下，今天早晨刮了一阵大风，把全城装小孩的鹅笼都卷走了。"

　　国王一听，又惊讶又着急，对国丈说："这可怎么办！没有小儿心作药引，怎么治我的病啊？"

　　那国丈却丝毫也不担心："陛下，刚才我又发现了一个比小儿心更好一万倍的药引。"

"是什么?"国王顿时来了兴趣。

"您还记得刚才那位从大唐去西天取经的和尚吗?用他的心肝做药引,不仅可以药到病除、延年益寿,还能长生不老呢!"国丈幽幽地说。

那国王本来就是个昏君,听了这话,立刻下令去把唐僧抓来。

这段对话,被悟空完完整整地听在耳里。他飞快地回到驿馆,现出原来模样,把消息跟其他人说了。

唐僧一听,吓得跌在地上,死命抓住悟空:"徒弟啊,这可怎么办呢?"

悟空却不着急,说:"既然如此,只有咱们两个换个身份了。"说完,念个咒语,把唐僧的相貌和自己的相貌调了个,又换上对方的衣服。

这么一来,唐三藏成了孙悟空,孙悟空成了唐三藏。

还没等两人熟悉自己的新样子,驿馆外面就来了许多官兵。之后,一个官员走进他们房间,问:"唐朝来的长老在哪里?"

"唐僧"走上前,假装什么也不知道:"大人,找我有什么事?"

官员一把扯住他,说:"国王有请。"随后,就带着"唐僧"进宫去了。

"唐僧"走进大殿,向国王行礼:"陛下,您又叫贫僧进宫,有什么事呢?"

国王说:"我最近生了一种病,怎么都治不好。幸好国丈找到一个药方，现在什么材料都有，就是少一味药引，不知长老能不能帮帮忙？"

"唐僧"说："我出家人一个，身上什么值钱的东西都没有，不知道陛下要什么呢？"

"我只要长老的心肝。"国王忙说。

"唐僧"笑了笑："陛下，不瞒您说，我有好几个心，不知您要什么样子的？"

一旁的国丈出声了："就要你的黑心！"

"唐僧"看了一眼国丈，随后拿出一把刀，一刀剖开肚子，把在场的人都吓了个半死。

只见从伤口处骨溜溜滚出一堆心来，然而什么样子的心都有，就是没有一颗黑心！

国王被那些满地打滚的心吓得动也不敢动，结结巴巴地说："快收……收起来！"

悟空这才显出原来模样，收起法术，那些心肝顿时都不见了。他大声喊道："陛下，你看到了，我们和尚都是一片好心，只有你这个国丈是个黑心的妖怪，干脆用他的心来做药引吧！"说着，拿起金箍棒就朝国丈打去。

那国丈一看自己的身份被识破了，连忙跳到空中想要逃跑，却被悟空拦住。两人好一阵厮（sī）杀，悟空渐渐占了上风。

眼看着悟空就要把那妖怪打死了，远远听到有人喊道："大圣，手下留情啊！"

悟空转头一看，原来是天上的寿星。

"大圣，看在我的面子上，你就饶了他吧。"寿星到了悟空跟前，笑着说。

"这妖怪跟你什么关系？"悟空问。

"他是我的坐骑，趁我不注意逃跑了，下凡当了妖怪。"寿星答道。

"既然如此，"悟空说，"我就给你个面子。不过，你要让他现出原形给我看看。"

画着寿星的吉祥画

寿星便放出一道寒光，只见那妖怪在地上打了个滚，现出原形，原来是只白鹿。随后，寿星谢了悟空，跨上白鹿飞走了。

悟空又到后宫之中，把那妖后也解决了——原来是个狐狸精。

比丘国王亲眼见到自己的王后、国丈是妖怪，顿时清醒过来，向悟空保证从此以后一定洗心革面，爱护人民，不滥杀无辜了。

悟空这才让小神们把装了小孩的鹅笼送还回来。城里的百姓们认领了自己的孩子，都感激得不得了，纷纷拿出自家最好的素食招待唐僧师徒。等师徒四人出城的时候，全城百姓都来送别。

好人有好报，唐僧师徒拯救了比丘国全城的小孩，离修成正果又更近了一步。

药引是什么?

在这一回故事中,妖怪迷惑昏君,要用小孩子的心作为药引。那么,药引到底是什么呢?

药引的意思是引药归经,这个"经"是经脉的意思,因此,药引就是指某些药物能引导其他药物的药力到达某一经脉(或病变部分)。可以说,药引扮演的角色是药物的"向导"。常用的药引有生姜、葱白、大枣等。

中医特别强调药引,合理使用药引确实能够起到增强疗效、保护胃肠道等作用。当然,药引的影响也不宜被过度夸大,鲁迅先生的《父亲的病》就曾讽刺过清朝末年一些"名医"荒谬的药引。

一夜光头城

正是梅雨时节，细雨纷纷，唐僧师徒在树荫下走着，迎面遇上一个老婆婆。

那婆婆对唐僧说："和尚，回家去吧，前面走不通了。"

"这明明就是路啊，为什么走不通呢？"唐僧看看脚下的路，不明白了。

"这里往西五六里，有个灭法国。那里国王两年前许下一个愿，要杀一万个和尚。因此这两年凡有和尚路过，都做了刀下冤魂了。你们几个过去，岂不是要送死？"老婆婆说。

唐僧吓得腿有些软了。一旁的悟空用火眼金睛细细一看，发现那婆婆原来是观音菩萨，忙跪下行礼："菩萨，弟子差点没认出您来，失礼啦！"唐僧、八戒、沙僧连忙一齐跪下磕头。

菩萨笑了笑，腾云飞走了。

"悟空啊，现在我们该怎么办呢？"菩萨走后，唐僧垂头丧气地问悟空。

悟空转了转眼珠子，对八戒、沙僧说："你们好好照顾师父，我先去查看查看情况。"说完，念声咒语，变成一只小飞蛾，扑着翅膀飞进城去了。

没一会儿，悟空就飞到了一户人家边上，细细查看，原来这是个旅馆。悟空飞进一间大客房里，看见大约八九个人在床上熟睡，边上放着脱下来的头巾、衣服。他心里有了主意。

这边唐僧几个人正焦急地等待着悟空回来，突然远远地看到悟空拿着一堆衣服走来。

"猴哥，你拿这些衣服来干什么啊？"八戒问。

悟空笑着说："这是我刚刚从旅馆里借来的一些衣服、头巾。如今我们要过这灭法国，只有一个办法，就是打扮成普通百姓，先进城找个地方借宿，等到清早城门大开的时候，再出城往西边走。"

唐僧的原型是唐代的高僧玄奘（zàng）。图为位于河南玄奘故里的玄奘雕像。

这办法听起来不错，师徒几个点点头，各自挑合适的衣服换了，摇身一变成了普通百姓。

悟空吩咐其他人："等会大家千万记得，'师父''徒弟'之类的称呼就不要用了。现在师父就叫做唐大官儿，八戒叫朱三官儿，沙僧叫沙四官儿，我呢，当然是孙二官儿。

到了旅店里，你们也别乱说话，都看着我的眼色。如果有人问我们是干什么的，就说是卖马的客人。"

其他人一一答应了。

悟空领着大家进了城，走过刚才到的旅店边上，只听见店里面有人喊："我的头巾不见了！"有人喊："我的衣服不见了！"原来，刚才大圣撒了个小谎。要知道，那些衣服可不是借来的；而是悟空趁着客人熟睡，使了点法术，偷偷拐走的。

悟空忙走到斜对面另外一家旅馆里，喊道："店家，有空房间吗？"

"有的，客人楼上请。"一位妇人笑着迎上来。

等师徒几个在楼上坐下了，那妇人又来招呼吃饭："客人，吃些什么？我们这里鸡鸭鱼肉，样样齐全。"

悟空说："鸡鸭鱼肉就免了，我们今天吃斋，你快去准备些素食，拿来给我们吃。饭钱不会少的，放心吧。"

妇人听了，忙去准备，过了一阵子，端上来一桌素菜。师徒几个饱餐一顿。

唐僧吃饱了，在悟空耳边悄悄说："我们在哪儿睡？"

"就在这楼上睡呗。"悟空说。

"不行。"唐僧摇摇头，"我们都累了，到时候睡熟了，帽子滚下来，露出光头，一不小心被这店里的人看到了，岂不是露馅儿了？"

悟空一听，说："有道理。"便出门叫来那妇人。

"客人有什么吩咐？"妇人问。

悟空说："是这样的，我们几个有些毛病。你看，这位朱三官儿有点风湿，这位沙四官儿有点肩周炎，都怕风；这位唐大官儿和我睡觉特别怕亮光。你能不能给我们找个又黑又不透风的地方睡觉？"

妇人一听这话，犯了愁。倒是一边妇人的女儿开了口："我家有个大柜子，里面可以装得下六七个人，又黑，又不透风，你们去柜子里睡怎么样？"

"这主意不错！"悟空点点头。

于是，妇人就叫人把柜子抬到天井，唐僧师徒依次进入柜中。妇人又依照悟空的吩咐，把柜子小心锁好，就各自睡去了。

那唐僧师徒在柜子里待着，还真是可怜哪！你想，又黑又不透风的地方，你挤挤我，我挤挤你，肯定热得要命。还没一会儿，几个人就把头巾、上衣全脱了，光着膀子，拿僧帽当扇子，扑扑地直扇。好在白天走得实在太辛苦了，热归热，到了二更时分，疲倦的师徒几个基本上还都睡着了。只有悟空警醒着。

谁能想到，唐僧师徒的运气这么不好，偏偏这一晚上，旅店里就遭了强盗！

这些强盗都是轻车熟路的，不偷店家，专偷客人，因此店家也不敢过问。他们四处查看了一番，发现天井里有一个紧紧锁着的大柜子，柜脚上拴着一匹白马。

一个带头的强盗说："这柜子里好像装了很沉的东西，肯定是贵重物品。我们把它抬出城，再想办法打开，分了财宝，怎么样？"

强盗们都表示同意，于是抬起那柜子就走，一路晃啊晃的，倒惊醒了里面的唐僧师徒。

八戒迷迷糊糊地说："猴哥，别摇了，快睡吧。"

"我没摇，别说话。"悟空说。

"怎么像有人抬着我们啊？"唐僧、沙僧发现有点不对劲。

悟空却笑了："安静！等他们把我们抬到西天才好呢！"

却说这些强盗惊动了街上其他人家，早有人通知了官府。还没等走到城门呢，官兵们就大张旗鼓地出现了。强盗们忙丢了柜子，各自逃命去了。

一阵追赶之后，官兵竟连一个强盗也没抓着，只落着这一个大柜子。鉴于这是证物，不好随意打开，于是便贴好封条，等着天亮请国王处置柜里的东西。

唐僧在柜子里责备悟空："你这个猴头！现在怎么办？明天在国王面前打开柜子，我们是和尚的事情藏也藏不住，只好赔上性命了。"

"师父，你放心睡吧，"悟空倒不担心，"我有办法。"

说完，悟空变成一个小蚂蚁，从柜门的缝隙爬了出去。随后现出原来模样，一个筋斗云，跳到皇宫里。宫里的人本来都睡熟了，悟空拔下一堆毫毛，吹口仙气，变出一堆瞌睡虫，爬到众人身上，所有人更是睡得不省人事。

悟空又拔下一堆毫毛，变出了几千个拿着剃刀的小悟空，热热闹闹地在宫里跑来跑去，上至王公大臣，下到宫女太监，把所有人的头发全给剃光了！

第二天早晨天还没亮，宫女、太监们就起来梳洗打扮，猛然发现大家都没了头发。整个皇宫一片惊慌。

过了一阵子，王后也醒来了，转身一看，身旁竟然躺了一个和尚，顿时大吃一惊；忙拿了灯细细观察，那和尚居然是国王！

王后连忙把国王摇醒。国王迷迷糊糊地张开眼，一看王后的光头，连忙从床上爬起来，说："王后，你怎么了？"

王后含着眼泪说："陛下，你也是一样啊。"

国王一摸自己的脑袋，果然光溜溜的，正不知怎么回事，那宫里的妃子、宫女、太监一个个顶着光头跑到国王跟前说："陛下，我们都变成和尚了……"

国王心想："难道是我杀了太多和尚，遭了报应？"一边说："这事情先不要张扬，免得大臣们笑话。"一边传令上朝。

谁知到了朝堂上，发现大臣们也全没了头发。国王拿下帽子，惭愧地对大臣们说："我今后再也不敢乱杀和尚了。"

这时，总管上前禀告昨夜抓捕强盗、截获赃物柜子的事情。国王于是下令当众打开柜门。

柜门一打开，唐僧师徒一个个走了出来。唐僧上前，把师徒四人去西天取经，得知灭法国杀害和尚，于是假扮普通百姓躲在柜子里的事情详细说了一遍。

国王一见唐僧师徒，又想到昨晚的怪事，更觉得这是天意惩罚，便诚恳地说："因为两年前有和尚骂我，所以我下决心要杀一万个和尚，也害了不少人命。如今我知道错了，一定安全送长老们过境。"随后，立即倒换关文，将唐僧师徒恭恭敬敬地送出城去。

从此以后，"灭法国"改为"钦法国"，风调雨顺，国泰民安。

【博闻馆】

和尚为什么要剃度？

凡是出家当和尚的人，都要剃光头发，这个仪式叫作剃度。那么，和尚为什么要剃度呢？

首先，佛教认为头发代表人间无数的烦恼和错误，入了佛门，就要切断这"三千烦恼丝"。

再者，头发还代表着人世间的种种牵挂。特别在我国古代，人们认为头发是从父母那里得到的，不能随意修剪，否则就是对父母不尊敬。而剃发则代表切断一切牵挂（包括亲情），从此专心修行。

另外，在宗教信仰繁多的古代印度，剃度还能够区分佛教徒的身份。人们一看到剃了光头的就知道是佛教徒。

凤仙郡祈雨

前方是一座荒凉的城池，唐僧师徒走进城门，就看到一张悬挂着的榜文。

"悟空，你去看看榜文上写什么。"唐僧吩咐悟空。

悟空依言走到榜文前，仔细看了看，回来说："师父，根据榜文上说的，这地方叫凤仙郡，已经很久没下雨了，因此民不聊生、治安混乱。现在，国王正用一千两黄金为奖赏，寻找能祈雨的能人异士。"

唐僧听了，说："这里的人也真可怜。徒弟们，你们谁会祈雨，就帮帮他们吧。"

悟空一副当仁不让的样子："祈雨有什么难的！呼风唤雨这种事，都是我老孙小时候玩过的。"

这话被一旁的官兵听到了，他们急忙跑去禀告郡侯，说城门那儿来了四个会祈雨的和尚。

那郡侯忙换好衣服，快步走到城门处，向唐僧行礼："长老，我是凤仙郡郡侯上官正，听说长老师徒会祈雨，还望几位慈悲为怀，救我全郡百姓一命啊！"

唐僧把他扶起来，说："我们从东土大唐去西天取经，正好路过你们这儿，要是能帮忙肯定帮。这大路上说话不方便，我们找个地方好好谈谈？"

"那就请长老到我衙门里坐坐吧。"郡侯将唐僧师徒恭恭敬敬地迎到衙门里，又命令厨房准备饭菜。

八戒饿坏了，一看到吃的，什么也顾不上了，只是狼吞虎咽。那样子可吓坏了一边上菜的小童。

好不容易师徒几个都吃饱了，唐僧问郡侯："大人，这里干旱的情况持续多久了？"

"已经三年了。"郡侯叹了一口气，说。

"别担心，有我老孙在，保证你有一场大雨。"悟空说。

郡侯还来不及道谢呢，悟空就腾地一下子跳到空中，默念咒语。不一会儿，就有一朵乌云飘来，原来是东海老龙王敖广来了。

龙王跟悟空打招呼："大圣，你找小龙来有什么事？"

悟空把想替凤仙郡求雨的意思说了。

"大圣，这下雨的事情，都是天庭拿主意，我们只管执行。我虽然想帮大圣，但心有余而力不足啊。这样吧，大圣你去天庭向玉帝求一道降雨的圣旨，我立刻给大圣一场大雨。"龙王说。

悟空一听，觉得也有道理，便一个筋斗云，转眼到了西天门外。

守门的护国天王一看悟空来了，忙上前迎接："大圣，取经的事儿怎么样了？"

"别提了，这年头，办什么事都不顺心。"悟空把想为凤仙郡祈雨却不顺利的事情告诉护国天王。

护国天王听完悟空的描述，说："这事情确实不容易，我听说，是玉帝下旨让那凤仙郡干旱无雨的。"

"真的吗？"悟空带着一肚子问号，走上灵霄宝殿，对玉帝说："玉帝，我路过凤仙郡，想为他们求个雨，龙王非要你的圣旨不可，你就给老孙个面子吧。”

玉帝果然摇摇头，说："三年前十二月二十五日，正是我到凡间巡视的日子。我到了那凤仙郡，居然看到郡侯把供奉上天的素斋喂狗，还口出恶言，非常不尊重我。于是，我在披香殿里设立了三件事情，除非那三件事情完成了，否则这凤仙郡就别想等到降雨的圣旨了。"

"请问是哪三件事情？"悟空问。

"我让四大天师带你去看看，你就别管这闲事了。"玉帝说。

于是，四大天师带着悟空到了披香殿。只见殿里有一座米山，山边有一只拳头大的鸡，在那里悠闲地一口一口啄着米；又有一座面山，山边是一只金毛哈巴狗儿，也正不紧不慢地舔着面；大殿左边还放着一座铁架子，架子上挂着一把指头粗细的金锁，下面有一盏明灯，灯焰儿正缓缓地烤着那锁头。

悟空不明白什么意思，四大天师解释说："玉帝说的三件事情，就是等鸡把米都啄干净了，狗把面都舔干净了，灯焰也把锁头烤断了，才能让凤仙郡下雨。"

"这怎么可能？"悟空吃惊地说，之后，垂头丧气地走出披香殿。

"大圣，你别烦恼。"四大天师笑着说，"这三件事也不是不能办到，有善念就可以。只要一个慈善的念头够强大，惊动上天，那米、面山顿时就倒塌了，锁头也能马上就断。"

悟空听了这话，这才眉开眼笑，谢了四大天师，回凤仙郡去了。

悟空回到凤仙郡，全郡的人都围上来打探消息。悟空却一把抓住郡侯，骂道："上官正，都是你害的凤仙郡不下雨！你说，三年前十二月二十五日，你是不是曾把供奉上天的供桌推倒、将素斋拿去喂狗？"

"三年前的事情，您怎么知道的？"那郡侯不敢隐瞒，"是我错了，三年前，因为我跟妻子吵架，一时气愤，把供桌掀翻了，又叫狗把地上的素斋吃了。这几年我每次想到这件事，都后悔不已。今天才知道真的触犯了上天，害一郡的百姓跟我一起受惩罚。"

悟空见那郡侯有心悔改，便把在披香殿的所见所闻告诉了他。

郡侯一听，急得不得了，说："这三件事怎么可能办到！"

"别急，"悟空说，"我走的时候，四大天师提示我了，现在只有善念能帮助你。你要是听我的话，从现在开始读经念佛，还来得及；不然，谁也帮不了你。"

郡侯急忙表示愿意听从悟空的吩咐。随后，他立刻请来本地所有和尚、道士，建起道场，诚心向上天认错。唐僧也帮他一起念经。他又下令全城所有百姓都要烧香拜佛。一时间，全郡都被慈善的氛围感染了，念佛读经的声音冲上云霄。天空中突然响起一阵惊雷。

这凤仙郡的百姓，已经有三年没有听见雷声了。一听这惊雷，全都感动得跪在地上，拜谢上天。

悟空趁着这时，又飞到天庭去找玉帝；才走到灵霄宝殿上，就听见管理披香殿的官员上殿禀告："米、面山转眼间消失了，锁头也断了。"

话音刚落，又有凤仙郡的土地公、城隍爷来求情："本郡郡侯带领全城百姓，诚心向佛，尊敬上天，望玉帝下令降雨，救济黎民百姓。"

玉帝一听，十分高兴，真的下旨让凤仙郡降雨。那雨、雷、云、风四神得令，马上行动起来。顷刻间，一场甘霖降落，滋润了凤仙郡干旱的大地。

大雨整整下了一夜。第二天清晨，唐僧师徒辞别了郡侯和全郡送别的百姓，又踏上了西行的道路。

【博闻馆】

腊月二十五，一起"接玉帝"

传统意义上的春节，从农历十二月（也就是我们常说的腊月）二十三或二十四日开始，一直到正月十五结束。这段时间的每一天都有不同的风俗。

相传腊月二十五日，玉皇大帝会亲自到凡间视察，然后根据看到的情况来决定各家各户第二年的祸与福。因此，在这一天里，古时候民间有"接玉帝"的风俗。家家户户都会准备斋饭供奉玉帝，办事说话也要特别小心谨慎，争取给玉帝留个好印象，来年能够顺顺

玉皇大帝的画像

利利。

　　除了"接玉帝"之外，腊月二十五还有许多其他习俗。比如做豆腐，有一条谚语就说"腊月二十五，推磨做豆腐"，另外也有"二十五，糊窗户"的说法。蒙古族等少数民族则在这一天举办"千灯节"，点起许多盏代表吉祥的灯笼。

王子拜师记

　　光阴似箭，唐僧师徒在取经路上不知不觉走到了第十四个年头。这天，师徒几个又走到一座城池边，一问，得知此地是天竺（zhú）国管辖下的玉华县。

　　眼看着离终点越来越近了，师徒几个的心情也十分轻松，一边观赏着城里的热闹景象，一边还斗着嘴。那城里做买卖的人看着这一行人，除了中间一个，其他人都长得奇奇怪怪的，也不敢上来搭讪。

　　到了玉华县王府前，唐僧让几个徒弟去一边的待客馆里收拾行李，顺便买些草料喂马，自己则拿着通关文书去拜见玉华王。

　　那玉华王见了唐僧，态度十分和善，不仅很快办好通关文书的手续，还让手下准备素斋招待唐僧。听说唐僧还有三个徒弟，忙令当殿官去请来用斋。

　　当殿官出了大殿，一路问人，都说不曾见过什么徒弟，倒是一个侍从说："待客馆里有三个长得很丑的和尚，估计他们就是那唐僧的徒弟吧。"

　　当殿官听了这话，就去了待客馆，问看馆的官员："哪个是大唐高僧的徒弟？王爷请他们吃斋。"

　　八戒正坐在一旁打盹呢，一听见"斋"字，急急忙忙跳起来，说："我们是！我们是！"

　　随行的人一见八戒的模样，都吓了一跳，战战兢

（jīng）兢地说："这不是个猪妖吗？"

悟空一把抓住八戒："呆子，斯文些。"

那些人见了悟空，吓得更厉害了："这不是个猴精吗？"

沙僧也来插话："各位别怕，我们三个人都是唐僧的徒弟。"

"这不是灶王爷吗？"随行的人还是不敢靠近。

还是那当殿官的胆子大点，见三人似乎确实没什么恶意，便把来意说明了，领着三人去了大殿。

这边那王爷正跟唐僧谈着闲话，抬头一看见三个徒弟，个个都长得凶神恶煞，心中也有几分害怕。

唐僧说："王爷您放心，我这几个徒弟虽然长得丑，可心地都是好的。"

八戒开口打招呼："王爷，贫僧向你问好啦！"语气却十分粗鲁。

"王爷，我这几个徒弟，都是从小在山里长大的，不懂礼貌，您别介意。"唐僧忙解释。

那王爷嘴上虽然不说，心里却不太高兴了，让当殿官领着唐僧师徒去用斋饭，自己回里宫去了。

吃饭的时候，唐僧还埋怨八戒："你这家伙，怎么这么不懂礼貌？干脆就别开口，既然开了口，就好好说话，怎么那么粗鲁！"

"还是我不说话的好，还省了力气。"悟空笑着说。

八戒不服气了："师父，是你以前教我见人要打招呼，现在我打了招呼你又说不好，到底要我怎么样嘛！"

唐僧正要好好教育他一番，恰好负责饮食的官员进来招呼上菜，只好先闭上嘴，各自吃饭。

却说那玉华王有三个儿子，王子们看到父亲回宫时脸色不好，都十分关心："父王，今天有什么事情惹您不高兴了吗？怎么脸色这么不好？"

"别提了，"王爷说，"刚才有个从东土大唐去西天取经的和尚来倒换关文，我看他长得一表人材，就留他吃斋饭，他说还有三个徒弟，我就派人去请。哪知道那三个徒弟，一个个都长得跟妖怪一样，十分恐怖，把我狠狠地吓了一跳。而且他们见了我，居然都不行礼，就随便打个招呼，太不懂礼貌了。"

那三个小王子从小练武，都是血气方刚的，一听这话，立刻气呼呼地说："莫非是山里来的妖精，假装和尚来我们这儿骗吃骗喝？兄弟们，拿上武器，我们出去看看。"

于是，大王子拿着一条齐眉高的棍子，二王子拿着一把九齿钉耙，三王子拿着一根乌油漆的黑棒子，雄赳赳、气昂昂地走出王府，吆喝着："那什么取经的和尚在哪儿？"

侍从不敢隐瞒，忙把他们领到唐僧师徒用斋的地方。

小王子们一闯进门，就大喊一声："你们到底是人还是妖怪，快点说！不然，别怪我们不客气！"

这一喊把唐僧吓得够呛，他忙丢了饭碗，对着王子们鞠了一躬，说："贫僧是从唐朝来的取经人，当然是人啦。"

"你还像个人样，那三个长得丑的，肯定是妖怪！"最小的三王子指着三个徒弟说。

悟空笑了笑，说："我们怎么可能是妖怪？我们虽然长得丑点，可心里善良得很呢！你们三个到底是从哪儿来的，在这里大喊大叫。"

一旁的官员介绍说："这三位是我们王爷的儿子。"

"王子殿下，"八戒也丢了手上的食物，说，"你们拿着兵器这么冲进来，是要跟我们打架吗？"

"要打就打！"二王子首先站出来，抄起钉耙就向八戒扑去。

八戒一看那钉耙，倒笑起来："你这小玩意，只够给我的钉耙做孙子！"说着，从腰间取下耙来，晃一晃，顿时有万道金光射出，晃得那二王子动也不敢动了。

悟空见那大王子手上拿着一条齐眉棍，就从耳朵里取出金箍棒来，也晃一晃，顿时有碗口般粗细，大约二三丈长短。他把金箍棒往地下一竖，说："我这棍子送你了！"

大王子扔了手里的棍子，就要来拿金箍棒。谁知不管他怎么用力拔，金箍棒就是纹丝不动，仿佛在地下生了根一样。

三王子见哥哥们不占上风，就拿起乌油棒来打，却被沙僧一杖劈开。等他细看沙僧那降妖宝杖，似乎有一重耀眼的亮光包裹着，十分神奇。

四周那些随从们全都看傻了眼，一个个吓得连话也说不出来了。

三个小王子见识了师兄弟的本事，都甘拜下风，一起跪下说："我们有眼不识泰山，不知道几位的厉害，真是罪过！"

悟空说："我们还有更厉害的本事呢！"说着，一个筋斗云飞到半空中，将金箍棒一上一下左旋右转地舞起来，地下的人只看到满天都是滚动的棒子，速度之快，令人目瞪口呆。

八戒在底下叫好，也觉得手痒了，他大喊一声："老猪也去玩玩！"便也腾云到了半空中，使出浑身解数，将那钉耙舞得呼呼作响。

没一会儿，沙僧也忍不住了，对他师父说："师父，我也去操练操练！"这么一跳，也在半空中挥舞降妖宝杖，十分威风。

三个师兄弟在半空中各显神通，看得三个小王子心服口服。他们急忙回到宫中告诉父亲唐僧师徒的本事，并表示，想拜唐僧的三个徒弟为师，学习武艺。

那王爷听了唐僧师徒的厉害之处，又看见儿子这么上进，自然十分高兴，连忙带着三位小王子去找唐僧师徒。

"唐朝长老，我有一件事情想求您的三位徒弟，不知道行不行？"到了唐僧跟前，王爷恭恭敬敬地说。

"有什么事情您尽管吩咐。"唐僧说。

王爷就把三个儿子想拜三个徒弟为师的意思说了。

悟空、八戒、沙僧一听，都十分愿意，当时就点头答应了。

于是，王爷当晚就是设下宴席，准备仪式，让大王子拜悟空为师，二王子拜八戒为师，三王子拜沙僧为师。当然，最划算的就是唐僧，这么白白又多了三个徒孙！

所以说，千万不能以貌取人，三位王子如果因为相貌丑陋而错过了这么好的师父，那该多可惜啊！

【博闻馆】

古时候拜师有哪些礼仪？

所谓师父，就是"一日为师，终身为父"。因此，古人特别重视拜师的礼仪。

首先，徒弟要先拜自己行业的祖师爷或保护神，以表示从事该行业的诚心，同时也有请求祖师爷或保护神"保佑"自己学业有成的意思。比如，古时候进私塾读书，要先拜孔子像；而学木匠的，则要先拜鲁班像。

古时候读书人拜师前要先拜孔子像。图为位于北京国子监内的孔子像。

接下来，徒弟就要行拜师礼了。一般都是请师父坐在上座，徒弟恭敬地磕三个头，然后献上拜师的红包和帖子。

最后，师父会对徒弟进行训话，训话内容基本上是勉励徒弟做人清白、学习刻苦等。有时师父还会给徒弟起个学名。悟空、悟能、悟净就是唐僧给徒弟起的名字。

唐僧当驸马

一路风餐露宿的唐僧师徒，终于走到了天竺国境内。不远处就是都城，天色已晚，师徒几个在城外找了间寺庙投宿。

这寺庙名叫孤独园寺，寺里的僧人听说唐僧师徒千里迢（tiáo）迢从东土大唐而来，都表现得非常热情，不仅为他们准备了干净的房间休息，还以丰盛的素斋招待。大概也因为靠近西天了吧，民风十分淳朴。

晚饭后，唐僧睡不着，便带着悟空在庭院里散步，不知不觉走到寺院的背后。恍惚间，唐僧仿佛听见一阵啼哭声。他止住脚步，专心听了一会儿，那哭声越来越清晰，悲伤得让听的人都忍不住阵阵心酸。

唐僧问悟空："徒弟，你听是有人在哭吗？"

悟空说："好像是真的，不如我们去问问住持？"

唐僧点点头，便与悟空一起去找住持询问。

那住持是个老僧人，听了唐僧说的情况，叹了一口气，说："两位一看就是高僧，想必也见过不少世面，我就不妨告诉你们这件怪事。去年这个时候，我正在庭院里赏月，忽然一阵大风刮过，当时我也没多想。谁知道风过之后，我睁眼一看，面前竟然端端正正地坐着一个美丽女子。我问那姑娘是从哪儿来的，她说：'我是天竺国的公主，在月下赏花的时候，突然被风刮来的。'我也不知道她说的是真的还是假的，只好把她锁在院子背后一个废弃的空房间里，门上开一个小洞，每日给她送些食物。至于寺里的其他人，我就骗他们说那是被我抓住的妖怪。那姑娘倒也聪明，知道我的意思，白天就故意装疯卖傻。可到了晚上夜深人静的时候，估计是想念父母，常常一个人偷偷地哭。好几次我进城去，试着打听公主的消息，可人人都说公主好好的，什么事也没有。我没办法，只好一直把她关着。"

唐僧、悟空把这话默默听在心里。这时，正好两个小和尚来请他们去喝茶，就先向住持告辞了。

因为心里记挂着住持说的话，唐僧一晚上都没睡好。第二天早上，师徒四人与孤独园寺里的僧人们一一告了别，就往天竺国都城走去。

唐僧暗地里交待悟空："昨晚的事情别忘了，进城以后，你好好打听打听。"

"师父放心，我到城中自然会留心的。"悟空连连点头。

说话间，师徒四人已走进都城。街上景象自然是一片繁华，他们边走边逛，不知不觉就走到了天竺国驿馆前。唐僧便进去向驿丞打听进宫找国王调换关文的事情。

那驿丞也十分好客，笑着对唐僧说："你来得正好！我们国家的公主娘娘，刚满二十岁，今天刚好在十字路口抛绣球招驸马呢！趁着外面热闹，国王应该还没退朝，你现在进宫去，估计正好赶上调换关文。"

唐僧听了这话，立刻告辞，留八戒、沙僧在驿馆里照看行李，带上悟空，往宫里走去。

一路上，只听见人人口里谈的，都是公主抛绣球招驸马的事情。路过十字路口一带，人潮更是拥挤，场面十分热闹。

悟空来了兴趣，对唐僧说："师父，要不咱们也去看看？"

"我们都是和尚打扮，怎么好去看这样的热闹？还是别了。"唐僧摇摇头。

"师父，你忘了在孤独园寺里听来的话？这可是见到那位公主的大好机会啊！"悟空说，"再说了，像今天这样的大喜日子，国王哪有心思处理正事。这会儿时间还早，我们就去看看吧。"

唐僧被说动了，便点点头，跟悟空一起去那十字路口看抛绣球了。

他还不知道，这么一去，可差点就成了驸马爷了！

那十字路口处，早已搭起了一座高高的彩楼，传说中的公主正拿着绣球站在上面。她远远地看到唐僧走过来，便把绣球不偏不倚地扔在和尚头上。

四周的人群立刻沸腾了，人们喊道："打着一个和尚了！打着一个和尚了！"

彩楼上的那些宫女、太监们都急急忙忙跑下来，对唐僧行礼："恭喜贵人！请进宫吧！"

唐僧顿时慌了手脚，一把扯住悟空："都是你，非要来！这下怎么办？"

悟空低声说："师父，别紧张，你先跟他们进宫见国王，我回驿馆叫上八戒、沙僧。如果公主不招你做驸马，那就没事儿了，你刚好把关文倒换了回来跟我们汇合；如果公主非要跟你成亲，你就跟国王说：'先让我的徒弟来，我有些话要吩咐。'到时候我进宫一看，就能知道那公主是真是假。如今，也只有这个办法了。"

唐僧也没别的主意，只好依照悟空说的，先进宫见国王去了。

唐僧进宫见到国王，先自报家门："贫僧是从东土大唐往西天取经的和尚，路过这里，不巧被公主娘娘的绣球打中。贫僧是出家之人，怎么敢跟陛下的金枝玉叶结婚？还请陛下帮我倒换关文，放我上路吧。"

国王说："你从东土大唐这么远的地方来，那岂不是'千里姻缘一线牵'？其实，我也不希望自己女儿嫁个和尚，只是现在绣球就刚刚好落在你头上，我也得先问问女儿的意思。"说着，就让宫女请出公主。

公主出来，见了唐僧，轻轻一笑，便对她父亲说："父王，俗话说：'嫁鸡随鸡，嫁狗随狗。'我抛这绣球，事先都是对天地神明许过愿的，怎么能反悔呢？我就愿意跟这和尚成亲。"

那国王本来就宠女儿，听了这话，没有不答应的道理，立刻吩咐官员挑选适合成亲的好日子。

"陛下，还是请您放我走吧。"唐僧还想拒绝。

国王生气了："你这和尚，别不识抬举！我女儿这么漂亮，我这里又有享不尽的荣华富贵，你还有什么不满足的？再啰嗦，把你推出去斩了！"

这下那唐僧吓得不轻，只好战战兢兢地说："贫僧不敢辜负陛下的恩德，只是我还有三个徒弟在外面，能不能把他们召进宫来，我吩咐几句，把关文倒换给他们，让他们去西天取经。"

国王见唐僧改口了，这才消了气，让人去请他的三个徒弟。那公主倒有些奇怪，听见唐僧的徒弟要来，就借口不舒服，进内宫去了。

没过多久，三个徒弟就上了大殿。

国王说："今天我招你们师父为驸马，你们几个拿了关文，自己上西天取经去吧，就别担心师父了。我还会再送你们一些银子做盘缠。"

悟空偷偷向唐僧使了个眼色，说："师父有喜事，我们几个做徒弟肯定赞成。不知师父什么时候成婚？"

"刚好明天就是个好日子。"一旁的官员说。

"我们几个都是山里长大的，规矩也不懂，这婚礼也就不参加了。今天就请陛下把关文给我们，放我们出城去吧。"悟空说。

国王一听这话，顿时眉开眼笑："你说的有道理，不过你们也别急着走。我这里还没准备好，你们先在驿馆里陪师父住一晚上。等明天你们师父进宫成亲了，你们再走也不迟。"

唐僧在一旁早就急得不行了，听到"回驿馆"三个字，马上说："好！我们先回驿馆吧！"

于是，国王便让人带师徒四个回驿馆休息，又送了好多素斋给他们享用。

不知道回了驿馆之后，唐僧会怎么埋怨他那没良心的徒弟孙悟空？而我们大唐圣僧，会不会真的成为天竺国的驸马呢？

抛绣球是一种体育活动?

绣球是我国民间常见的吉祥物。在许多文学作品中,我们常常可以看到女子抛绣球选择结婚对象的故事,十分浪漫。事实上,虽然抛绣球招亲这种风俗在古代确实曾经存在,但抛绣球这一行为,追根溯源,其实是壮族一种传统的体育娱乐活动。

抛绣球是壮族一种传统的体育娱乐活动

在 2000 年前绘制的花山壁画(位于广西壮族自治区宁明县)上,曾记载着壮族青年在狩猎时甩投一种青铜制造的古兵器的情景。这种古兵器名叫"飞砣(tuó)",也就是绣球的前身。后来,人们用绣花布囊代替沉重的"飞砣",以互相抛接的方式娱乐。

这种活动在宋、元时期非常流行,并且逐渐演变成为壮族男女青年表达爱情的一种方式。在抛绣球的时候，男女双方还常常互相对唱民歌，用歌声来表达感情，并增加对彼此的了解。

如今，抛绣球仍然是壮族人民喜闻乐见的体育娱乐活动。

假公主现身

一到驿馆，唐僧抓住悟空便骂："你这猴头，刚才干嘛说要走？真是急死我了！"

"师父，你不知道，"悟空说，"我刚才偷偷观察国王周围，似乎有点妖气，那公主很有可能是个妖精。现在我们在明处，敌人在暗处，太危险了。不如我们几个假装要走，使那妖精放松警惕。等你进宫的时候，我悄悄变身了保护你，到时候见机行事，不是更好？"

唐僧还是有些不放心，但已经说出去的话，就像泼出去的水，要收回来太困难，也只好顺从悟空的主意了。

到了第二天早上，宫里果然派人来请唐僧。悟空装作收拾行李的样子，悄悄对八戒、沙僧说："一会儿我跟师父一起进宫，变个假悟空在这里撑场面，你俩掩护我，别让那驿丞发现了。"

说完，悟空便拔下一根毫毛，变出一个假悟空，跟八戒、沙僧待在驿馆里，自己却跳到空中，化作一只小蜜蜂，飞到唐僧耳边，悄悄说："师父，我来了，别担心。"唐僧这才把悬着的一颗心放下。

进到宫中，只见王后及众妃子簇拥着公主走出来，都向唐僧行礼，唐僧慌得不知怎么办才好。

这时，悟空在唐僧耳边说："师父，那公主是假的，真是个妖精！"

"那怎么办?"唐僧更慌张了。

"看我老孙抓住她!"悟空说完,立刻现出原来模样,一把抓住"公主":"妖精,你在这里假扮公主,还想骗我师父跟你结婚,到底有什么企图?"

那妖精看自己的身份暴露了,便使劲挣脱了悟空,跳到空中,拿出一根短棒,与悟空对打起来。

国王、王后和宫里的其他人看到这景象,全都吓得说不出话来,跌坐在一边。

却说悟空跟那妖精打斗了好一阵子,不分胜负。他细细观察了一下妖精使用的武器,发现那玩意一头粗、一头细,似乎像是捣药的杵(chǔ)头。正想问个明白,那妖精钻了个空子,一溜烟往南边一座山上跑去了。

悟空一路追着,跟到山上,却怎么也找不到那个妖精了。他心里有些焦急,忙念声咒语,把山上的土地公召唤出来。

那土地公听悟空说了天竺国的事情,感到十分奇怪:"我这山上从来没有妖精,只有三个兔子洞。不过既然大圣这么说,那我就带你去这几个兔子洞找找吧。"

于是,悟空跟着土地公,把山上的兔子洞看了个遍。前两个洞穴里只有几只兔子,一见他们俩,都吓得跑走了。到了山顶上一个兔子洞前,却有些不寻常——洞门被两块大石头挡住了。

土地公说:"不对,以前没这石头啊?难道这里面真的住了个妖精?"

悟空用金箍棒把石头支开,那妖精果然藏在里面,呼的一声跳出来，又与悟空打起来。

刚才在皇宫附近，悟空怕伤及无辜，没有用尽全力，这下他放开手脚，使出全身本事，那妖精渐渐就支撑不住了。

眼看着天色渐渐暗下来，悟空有些不耐烦了。他想干脆一棒子把那妖精打死，便高高抬起金箍棒。

正在这时，天边传来一阵呼喊声："大圣！别动手，棍下留情啊！"

悟空回头一看，原来是月宫里的太阴星君（月神），正踏着彩云而来。

悟空忙收了棒子，向太阴星君行礼："太阴，你怎么来了？"

"我专门为这个妖精而来。她其实是我广寒宫里捣仙药的玉兔儿，趁我不注意，偷溜出来的。"太阴星君说。

悟空恍然大悟："原来如此，怪不得她用的武器是个药杵头。不过，这妖精藏了天竺国的公主，又骗我师父结婚，怎么能这么轻易就饶了她？"

"你不知道，这其中还有些缘故。那天竺国的真公主，原来也是我月宫中的素娥仙女。十八年前，她们两个在宫中吵架，素娥打了玉兔一巴掌，玉兔一直耿耿于怀。后来，素娥下凡投胎成了天竺国的公主，玉兔惦记着那一巴掌的仇，便也找机会下凡，把那素娥转世的公主抛到荒郊野外。她也确实不该故意与你师父结婚，这是她的错。不过，不也还没结成吗？你就饶了她吧。"太阴星君说。

"既然你这么说，我自然不伤她性命。只是如今天竺国国王等着我抓妖精回去呢，你还得让这妖精现了原形，跟我回去说明清楚。到时候，你再带它走也不迟。"悟空倒也通情达理。

太阴星君便用手指着那妖精，大喊一声："你还不现出原形？"

妖精原地打了个滚，现出原形，果然是个玉兔儿。

于是，悟空带着玉兔，回到宫中，把事情经过详细对国王、王后说明了。唐僧也把在孤独园寺里听来的话告诉了他们。

国王连忙派人去孤独园寺请回公主。等真公主回来之后，全家人不禁抱头痛哭。

这下皆大欢喜了，太阴星君收回玉兔，天竺国找回真公主，唐僧师徒这才放心地踏上取经路，西天就在眼前了。

【博闻馆】

捣药的玉兔

在这一回故事中，月宫中的玉兔变成了天竺国的公主，她使用的武器是捣药用的杵头。这一设计其实是符合民间传说的。

传说古时候，月亮之中有一只兔子，全身洁白得像宝玉一样，因此被称为"玉兔"。这只玉兔整天在月宫中用玉杵捣药，人吃了

山东嘉祥宋山的汉代画像石上玉兔捣药的情景

它做的药丸，就可以飞升成仙。

古代诗词中，也有不少形容玉兔捣药的诗句。如晋代傅玄的《拟天问》："月中何有，白兔捣药。"唐代李白的《古朗月行》："白兔捣药成，问言与谁餐。"唐代杜甫的《月》："入河蟾不没，捣药兔长生。"还有一些诗句直接将玉兔作为月亮的代名词，如辛弃疾的"著意登楼瞻玉兔，何人张幕遮银阙"（《满江红·中秋》）一句，就是用玉兔指代月亮。

完难终封神

唐僧师徒历经千辛万苦，好不容易才从西天雷音寺里取回了真经。如来佛祖命令八大金刚驾着风，送师徒几个回东土大唐。

送走唐僧师徒后，如来与观音说起唐僧一路经历的苦难，感慨不已。边聊着，观音菩萨边把记载唐僧经历灾难情况的簿子仔细地看了一遍。

看着看着，菩萨突然叫起来："糟了！他们还差一难！"

原来，佛门强调"九九"归真。按道理，唐僧师徒应该经历够九九八十一难才能取到真经。可观音菩萨却发现，一路上唐僧师徒经过的灾难只有八十次，还少一次，所以才不自觉地叫出声来。

于是，菩萨立刻下令让一位小神去追回八大金刚。

那小神飞了一天一夜，才赶上八大金刚。他在金刚耳边悄悄说了几句话，只见八大金刚点点头，转眼就和小神一起消失了。驾风的人这么一走，那唐僧师徒自然也就顿时连白马带着经书，一起掉落在地上。

落地之后，唐僧还没反应过来，不明白发生了什么事情。倒是沙僧想得开："是不是我们走得太快，让我们休息休息？"

八戒说："这是哪儿啊？好像有水声，"他转向沙僧，"是不是你老家流沙河？"

"呆子，这不写着吗？"悟空指着旁边一块石碑说，"你看，这是'通天河'。"

"这些金刚做事情也太没头没尾了，佛祖不是让他们把我们送回大唐吗？怎么半路就把我们落在这儿了！"八戒有点不高兴。

唐僧也有些烦恼："这河这么宽，我们怎么过去呢？"

这时，唐僧师徒听见河边传来一个声音："唐圣僧！唐圣僧！到这里来！"

师徒几个顺着声音的方向走去，原来刚才说话的是之前他们过通天河时遇见的那只大老龟。

"老师父，我等了你好几年啦，你怎么这么久才回来？"那老龟对唐僧师徒十分热情。

唐僧笑着说："没想到今天又能在这儿见到你，之前过河的时候就麻烦过你。看来，今天又得麻烦你帮忙了。"

"没问题，上来吧。"老龟爬上岸，等唐僧师徒一个个爬到它背上后，又下到河水里，张开手脚，缓缓朝对岸游去。

大约游到河中央的地方，老龟突然说："老师父，之前我曾请你到西天见到佛祖的时候，帮我问问我还有多少年寿命。你帮我问了没有啊？"

唐僧听了，却说不出话来。原来，唐僧虽然曾经答应过老龟，可到了西天之后，他一心只想着取回真经，早把帮老龟问寿命的事情抛到脑后了，这会儿又不好说谎话骗它，只好假装没听见。

"你帮我问了没有啊？"老龟又问了一次，唐僧还是不回答。

那老龟心里明白唐僧把它的事情给忘了，顿时十分生气，使劲一转身，把唐僧师徒连带经书，全翻到河水里，自己则沉入河底，游走了。

几个徒弟连忙救起唐僧，捞起经书。人倒是没什么大事，只是好不容易取来的真经，这下全湿了。

好在这时候天空中正有一轮红日，阳光洒在大地上，非常暖和。唐僧师徒连忙找了一块平整的大石头，把经书一一摊开晾晒。

这边唐僧师徒忙着晒经书，那边如来与观音掐指一算，唐僧师徒这九九八十一难算是完满了，便又派出八大金刚，护送师徒几个回东土。

却说唐太宗自从派出唐僧取经之后，就派人修建了一座望经楼，以备接经的时候用。这天，唐僧师徒几个回到长安城，唐太宗就在这望经楼上设

在青海的通天河边，有一个唐僧晒经台的遗址。

宴为他们接风。全城百姓知道取经人回来了，没有一个不挤到楼前看热闹的。

"御弟，你总算回来了！"唐太宗看到唐僧，十分激动。

唐僧行过礼，就向唐太宗一一介绍几个徒弟。"这位是我的大徒弟孙悟空，"他指着悟空说，"他原本住在花果山水帘洞，因为五百年前大闹天宫，被如来佛祖压在五指山

下。观音菩萨指引我将他救出，收为徒弟。这一路上，多亏有他保护我。"

"这两位是我的二徒弟猪悟能、三徒弟沙悟净，"唐僧又走到八戒、沙僧身旁，"悟能我也叫他八戒。这两个徒弟，我遇见他们俩时，一个在高老庄闹事，一个在流沙河作怪，也都是靠着观音菩萨的指引，我才收他们为徒。一路上他们又要顾着挑行李，又要照顾我，也十分辛苦。"

"这匹马，也不是您之前送我的那匹了。"唐僧又说道。

"看起来一样啊，怎么不是吗？"唐太宗问。

"您送我的那匹马，就是被这匹马给吃了的。它原本是西海龙王的儿子，也是犯错受罚，被观音劝着归入佛门，做了我的徒弟。一路上，幸好有它驮着我，不然这么跋山涉水、翻山越岭，只靠我一人的力量，恐怕还要几年时间。"唐僧说。

唐太宗听了介绍，对几个徒弟都十分敬佩，又问唐僧："你这一去，走了多远的路？"

"走了多远，真是记不得了。听菩萨说，应该有十万八千里吧。我一共走了十四年，也不知道走过了多少王国。对了，每过一处，我们都曾倒换关文，徒弟，把通关文书拿上来。"唐僧说。

沙僧递上通关文书，太宗收了，就吩咐开宴，与唐僧师徒边吃饭，边谈着一路上的艰难。几个人交谈得十分尽兴，直到夜深，才各自散去。

第二天，唐僧师徒运来的经书大部分都已清点完毕。唐太宗请唐僧在长安城里的雁塔寺里讲经。

谁知唐僧刚登上讲经台，八大金刚就在天空中出现了。他们在云端喊道："唐僧，放下经卷，先跟我们回西天见佛祖封神去。"

话音刚落，唐僧只觉得身子变得轻飘飘的，渐渐飘到空中。一旁的三个徒弟连同白马也一起飘起。

四周的人群看到这一景象，都纷纷跪下磕头，嘴里没有不念佛的。

唐僧师徒被八大金刚的风引着，飘飘然又回到了西天雷音寺。

佛祖把他们叫到跟前，将唐僧封为旃（zhān）檀（tán）功德佛、悟空封为斗战胜佛、八戒封为净坛使者、沙僧封为金身罗汉、白龙马封为八部天龙马。

封神完毕，唐僧师徒都十分高兴，各自磕头谢恩。只有八戒有些不满意："师父、师兄都是佛，凭什么我就只是个使者。"

如来笑着说："你不知道吧，这净坛使者，享受八方香火、掌管贡品，可是个美差哦！"

八戒一听能掌管贡品，立刻眉开眼笑："多谢佛祖，多谢佛祖！"

悟空对唐僧说："师父，现在我跟你一样都成佛了，你快念个'松箍咒'，把我头上这金箍儿摘了吧。"

唐僧说："当初都是因为你难管教，观音才送了我这么个宝贝。现在你摸摸看，还有什么金箍没有？"

悟空一摸头，果然空空如也，也开心地笑了。

这下，各人都心满意足了。而这漫长的取经路，也终于画上了句号。

【博闻馆】

唐僧师徒为什么要经历八十一难?

在《西游记》中,唐僧师徒在取经路上一共经历了八十一难,才最终取到真经、修成正果。

那么,他们经历的灾难数目,为什么非得是八十一呢?

正如文中所说的那样,唐僧师徒之所以要经历九九八十一难,是因为佛门强调"九九"归真。而这"九九"归真,实际上也就是所谓的"九九归一"。

古人认为,九是最大的数字,代表"最",代表"终极";但是当"九"这最大的数到尽头的时候,是要回转到起点"一"的。这不是一种简单的返回,而是一种升华、一种重生。"九九"归结的"一",已不再是原来出发的那个地方,而是一个新的起点。九九归一,其实就是自然界循环往复、周而复始、生生不息的象征。

附录

《西游记》：一部充满神奇幻想色彩的
神话小说

　　《西游记》是中国古典四大名著之一，是中国古代最杰出的神话小说，它与《三国演义》《水浒传》《金瓶梅》一起，被誉为古典小说中"四大奇书"，在文学史上占有崇高的地位。几百年来，它在人民群众中可以说是家喻户晓、人人皆知。

　　《西游记》全书一百回，从大的结构上看，可分成三个部分。第一回至第七回是第一部分，主要写了孙悟空出世、拜师、大闹天宫，这是全书最精彩的章节，热闹非凡，孙悟空上天入地好一顿折腾，将他的反抗性格表现得淋漓尽致。第八回至第十二回是第二部分，主要写了唐僧的出身及取经的缘由。第十三回至最后一回是第三部分，主要写唐僧西天取经，路上先后收了孙悟空、猪八戒、沙和尚三个徒弟，并历经九九八十一难，终于取到了真经，修成了正果。《西游记》向人们展示了一个绚丽多彩的神魔世界，人们无不在作者丰富而大胆的艺术想象面前惊叹不已。《西游记》的故事源于唐僧玄奘只身赴天竺（今印度）取经的史实。玄奘归国后，口述西行见闻，由弟子辩机写成《大唐西域记》，记载了取经途中的艰险和异域风情。此后，随着取经故事在社会中广泛流传，虚构的成分也日渐增多，并越来越成为民间文艺的重要题材。

《西游记》为我们展现了栩栩如生、个性鲜明的人物形象。孙悟空天资聪敏、本领高强，吹一口气，就能够七十二变，并且有法宝金箍棒，缩小如针，放大如铜棒，筋斗云一驾，就能够上天下地，但他精明顽皮，爱作弄人，有时过于顽劣，我行我素。唐僧诚心向佛、举止文雅、性情和善，佛经造诣极高；他不怕困难，坚忍不拔，但又十分顽固执着，不能明辨善恶。八戒好吃懒做，贪财好色，贪生怕死，但又性格温和、憨厚单纯，有时也很英勇，经常被妖怪的美色所迷，难分敌我。沙和尚保护唐僧西天取经路上任劳任怨、忠心不二、心地善良、敦厚朴实，但同时又过于老实，缺乏主见。

《西游记》也为我们留下了许多脍炙人口、生动曲折的故事，比如大闹天宫、三打白骨精、大战红孩儿、三借芭蕉扇……另外还有各显神通的神仙妖魔，充满了神奇的幻想色彩。

西天取经故事告诉人们：为了寻找、追求、实现一个美好的理想和目标，为了完成一项伟大的事业，必然会遇上或多或少的、或大或小的困难和挫折，我们必须顽强地战胜这些困难，克服这些挫折。

《西游记》对于广大少年儿童来说，更是具有特殊的魅力。但少年读者阅读它又有一定的难度。因此，我们在《西游记》原著的基础上，对其中的故事结构进行组合，同时又保留了原著的精华和风格，从人物形象到语言特色，都基本上符合原貌。全书图文并茂，简明通俗，希望能引起少年读者的兴趣，激发他们无穷的想象，为以后赏读原著打下基础。